長編本格歴史推理
書下ろし

鯨《くじら》統《とう》一《いち》郎《ろう》

まんだら探偵《たんてい》空海《くうかい》 いろは歌《うた》に暗号《かくしごと》

NON NOVEL

祥伝社

装幀　反町ユミ
カバー・本文イラスト　ソリマチアキラ

主な登場人物

空海《くうかい》………………高雄山寺に住む僧。真言密教の宗祖となる
橘 逸勢《たちばなのはやなり》…………公卿。空海の友人
神野《かみの》帝……………平安初期の帝《みかど》。後の嵯峨《さが》天皇
平城《へいぜい》上皇…………神野帝の兄。名は安殿《あて》
藤原 薬子《ふじわらのくすこ》………… 尚 侍《ないしのかみ》。上皇の寵愛を受けている
藤原冬嗣《ふゆつぐ》…………天皇の寵臣。蔵人《くろうど》を束ねる職に就く公卿
藤原梨佳《りか》…………冬嗣の妹。平城上皇の女官
坂 上田村麻呂《さかのうえのたむらまろ》…征夷大将軍
藤原葛野麻呂《かどのまろ》……平城が天皇の頃からの寵臣
文室綿麻呂《ふんやのわたまろ》………田村麻呂の後継者と目される武将
上毛野穎人《かみつけぬのかいひと》………平城上皇の臣下
藤原仲成《なかなり》…………薬子の兄
藤原縄主《ただぬし》…………薬子の夫
最 澄《さいちょう》……………天台宗の宗祖。比叡山に延暦寺を開く

俊 徳《しゅんとく》……………東寺《とうじ》の住職
六郎太《ろくろうた》……………陰 陽師《おんみようじ》
静《しずか》…………………白 拍子《しらびようし》

一身の中、既に此の如きの敵多し

空海『三教指帰《さんごうしいき》』より

東寺《とうじ》は京で一番の寺だと静《しずか》は思っていた。

市女笠《いちめがさ》を右手で軽く持ち上げて、九条《くじょう》通りから五重塔を見上げると、ますますその思いを強くする。

「ねえ、東寺に何しに行くのよ」

前を行く六郎《ろくろう》太《た》に声をかける。六郎太は丈《たけ》を長くした小袖《こそで》を着流し、袴《はかま》は穿《は》いていない。


二人は昨日、大徳寺《だいとくじ》の売扇庵《ばいせんあん》に行って、一休宗《いっきゅうそう》純《じゅん》にまつわる秘話を聞いてきたばかりだ。

足利義満《あしかがよしみつ》は本当に病《やまい》で死んだのだろうか。また大《だい》文字《もんじ》焼《や》きの大の字は何を表しているのか。それらの謎を一休が知っていたのではないか。六郎太と静の二人はその答を、一休の愛人だった森女《しんにょ》の口から直《じか》に聞いてきたのだ。（『金閣寺に密室《ひそかむろ》』祥伝社文庫）

そして……。

今日、二人は東寺に向かっている。昨日は大文字の送り火で大変な賑《にぎ》わいを見せていた京だが、一夜明けるとその賑わいは消え、幽《かす》かな侘《わび》しさが漂《ただよ》っている。

「言っただろ。空海《くうかい》のことで、確かめたいことがあるって」

「今日は京織物を買ってくれるって言ったでしょ」

「そんなこと、言ったかな」

六郎太は足を速めた。

「あんたねえ」

仕方《しかた》なく、静も六郎太の後を追う。

六郎太は陰陽師《おんみようじ》。静は白拍子《しらびようし》。二人は口では互いに言い争いをしながらも、その実《じつ》よく気が合って二人で旅を続けている。

足利義満公が亡くなられて早七十五年。今は室町幕府九代将軍、義尚《よしひさ》が政《まつりごと》を取り仕切っている。

静は東寺に行くことは厭《いや》ではなかった。境内《けいだい》を散策するだけでも気分がいいだろう。

東寺は延暦《えんりやく》十五年（七九六）平安京に建《た》てられた官寺である。

平安京は、唐朝の国都、長安《ちようあん》になぞらえて作られた都だ。

平安京の表玄関は九条大路《おおじ》に面して建つ羅城門《らじようもん》。羅城門は二重楼閣《ろうかく》になっていて、二階部分には都を外敵から守る毘沙門天《びしやもんてん》像が安置されていた。

広い平安京に、寺は二つしかない。

東寺と西寺《さいじ》である。

延暦十三年（七九四）、長岡京《ながおかきよう》から平安京に遷都《せんと》された当初、平安京内の寺院の建立《こんりゆう》は、東寺と西寺しか許されなかった。それは、奈良仏教の勢力が政に介入してくることを強く拒《こば》むためだった。

平安時代の僧、空海は、五十歳になった年に嵯峨《さが》天皇より東寺を委《ゆだ》ねられた。その時、真言宗《しんごんしゆう》が開宗されると同時に、東寺は官寺から、真言宗の中心寺院へとその性格を変えた。

「何なのよ、確かめたい事って」

「直《じき》に判《わか》る」

南大門から東寺境内に足を踏み入れた。

正面に荘厳《そうごん》なたたずまいの金堂《こんどう》が見える。その威容は見る者の気を知らずに引き締《し》める。右手には五重塔。周囲の木々より遥《はる》かに高くそびえ立ち、広い境内の中でも一際《ひときわ》目立つ。

「やっぱりいいわね、東寺は」

「そうだろ」

「なにもあんたが自慢する事じゃないでしょ」

静は六郎太の肩を叩いた。

二人は金堂の裏に回った。裏手には、白い壁が横に長く続く講堂がある。講堂を囲むように、僧侶の住まいである僧房が建てられている。

六郎太は僧房の門を開けた。

「ごめんください」

薄暗い奥に向かって声をかける。

ほどなく小坊主《こぼうず》が姿を見せた。

「俺は陰陽師の六郎太という者だ。こいつは白拍子の静」

「して、御用向きは」

小坊主が若い声で答える。

「住職殿に会いたいのだが」

「しばらくお待ちを」

小僧は奥に引っこんだ。

「いるみたいね」

「ああ」

六郎太は壁や天井を見回している。

しばらくすると、華美な僧衣に身を包んだ住職らしき人物が現れた。

「私が住職の俊徳《しゅんとく》です《じぎ》が」

六郎太はお辞儀をして、名を名乗った。

「陰陽師のそなたがどのような用で参られたのか」

「弘法大師《こうぼうだいし》の書のことだ」

「なに、御大師様の」

「ああ」

弘法大師とは空海のことである。

もともと大師とは、仏、菩薩《ぼさつ》の尊称で、朝廷から名僧、高僧に賜《たまわ》る号であり、空海だけに与えられた名ではない。実際に朝廷から大師号を与えられた高僧は十九名いる。だがいつの間にか〝大師〟といえば空海を指すようになってしまった。その事からも、いかに空海が日本の仏教界に大きな足跡を残したか、あるいは空海の能力《ちから》に人々が感じ入ってきたかが判る。

空海は真言宗、もしくは真言密教という新しい宗派を日本で開いた人物である。

真言宗とは陀羅尼《だらに》と称する呪文の加持《かじ》の力で即身成仏させるのを宗旨《しゅうし》とする仏教の一派である。陀羅尼というのは梵《サンスクリット》語による章句の事で、修行者を守護する力があるとされている。陀羅尼の短いものを真言と呼ぶ事から、この宗派を真言宗と呼ぶようになった。また空海が達したような絶対者の境地を〝秘密〟と呼ぶが、この境地は山岳で厳しい修行と実践を重ねた者にしか窺《うかが》い知る事はできないとされる。だから秘密教、すなわち密教とも呼ばれるのだ。

この真言密教を、平安時代の初め、空海が唐から持ち帰って広めたのだ。


「空海の書がこの東寺にあると聞いた」

空海は光仁《こうにん》天皇の宝亀《ほうき》五年（七七四年）、讃岐《さぬき》の国に生まれた。父親は讃岐の国の豪族、佐伯直田公《さえきのあたいたきみ》。元々は東北からやってきた一族のようだ。東北の言葉が、さえぐように聞こえた事から佐伯の名がついたのだろう。

母方の阿刀《あと》氏は帰化系の氏族で、学者の家柄である。

空海は幼名を真魚《まお》と言った。

二十歳の時に出家し、十年後の延暦二十三年（八〇四年）、唐に渡る。翌年、唐の都、長安で、真言密教の継承者、恵果《けいか》から、後継者に指名される。

恵果の弟子は千人を超《こ》えていたが、異国人であり、しかも唐に渡ったばかりの弱冠三十二歳の空海が、密教の正式継承者として、大阿闍梨《あじゃり》の位《くらい》を与えられたのだ。いかに空海の能力が傑出していたかが判ろうというものだ。

この時、空海は恵果の弟子になる手続きとして『大日経』に基づく胎蔵界灌頂《たいぞうかいかんじょう》を受けた。これは目隠しをして曼荼羅《まんだら》、すなわち多くの仏像の前に立ち、花を投げる投華得仏《とうげとくぶつ》を行うものだ。花が落ちた場所にある仏菩薩《ぶつぼさつ》が、灌頂を受ける人と縁が深い仏となり、生涯の守り仏となる。四百十ある仏のうち、空海が投げた花は、全宇宙神である大日如来《だいにちにょらい》の上に落ちた。以降、空海は大日如来の別名である遍《へん》照金剛《じょうこんごう》を名乗る事になる。この偶然を「不思議、不思議なり」と我が事のように喜んだのが、恵果であった。

また空海は、胎蔵界灌頂に続いて『金剛頂経』に基づく金剛界灌頂も受けたのだが、このときも空海の投げた花は大日如来の上に落ちている。恵果を初めとして、居合わせた者たちはこの二度続いた不思議に驚き入ったという。

「御大師様の書とは」

「いろは歌さ」

「いろは歌……」

六郎太の背後で、小坊主が息を呑《の》むのが判った。

いろは歌は、日本の仮名《かな》文字の総《すべ》て、四十七文字を、一字も重複《ちょうふく》することなく網羅《もうら》して作られた歌の事で、弘法大師、空海の作とされている。

いろはにほへと、で始まる歌は、仮名文字総てが効率よく含まれているので、手習い歌として広く利用されてもいた。

藤原頼長《ふじわらのよりなが》の日記『台記《たいき》』には、久安《きゅうあん》六年（一一五〇年）正月十二日付で〝今日、今麻呂《いままろ》（頼長の三男）、御前に参じ、勅《ちょく》により以呂波《いろは》を書く〟と記《しる》されている。

最古のいろは歌の記録は『金光明最勝王経音義《きんこうみょうさいしょうおうきょうおんぎ》』という仏教書の中にある。承暦《じょうりゃく》三年（一〇七九年）四月十六日の年紀があるもので、万葉仮名で書かれている。

「あんた、確かめたい事って、いろは歌の事だったの」

　六郎太の隣で静が言う。

「ちょっと見せてもらえないか」

「見てどうする」

　住職、俊徳がギロリと六郎太を睨《にら》んだ。

「腑《ふ》に落ちないことがあってね」

「腑に落ちぬ事とは」

「それをこの目で確かめたいんだ」

「和尚《おしょう》様」

　小坊主が俊徳の袖《そで》を引っ張った。

「得体《えたい》の知れぬ者どもにあの書を見せてやることなどありませぬ」

　俊徳は返事をしない。

「和尚。あの歌には、間違いがあるんじゃねえのかい」

「失礼な。あの歌に間違いなどと」

　小坊主が六郎太を非難する。

「和尚様。ここは私が引き受けますから、奥にお戻りください」

　だが、和尚は動こうとしない。

「どうしました、和尚様」

「ついてきなさい」

　和尚は六郎太に言った。

「和尚様」

　小坊主が非難の声を上げる。だが俊徳はかまわずに、きびすを返す。六郎太と静は呆気《あっけ》にとられる小坊主に笑《え》みを見せながら、草鞋《わらじ》を脱いで俊徳の後を追った。

　和尚に案内された部屋に六郎太と静は和尚と向き合って坐《すわ》った。

　どちらも言葉を発しない。

　やがて小坊主が、一巻の巻物を恭《うやうや》しく掲《かか》げるように持って入ってきた。

「和尚様。お持ち致しました」

「うむ」

和尚は頷《うなず》くと、小坊主から巻物を受け取った。小坊主が部屋を辞すと、和尚は静かに巻物を広げて六郎太に示す。

六郎太は広げられた巻物を受け取ると、中に書かれている文字を目で追う。それを横から静が覗《のぞ》き見る。

「いかがかな」

広げられた巻物には、次のような文字が記されていた。

伊呂波耳本反止
千利奴流乎和加
余多連曾津禰那
良牟有為乃於久
耶万計不己衣天
阿佐伎喩女彌之
恵比毛勢須

万葉仮名である。万葉仮名とは、かたかな、ひらがなの発生以前に、大和《やまと》言葉の一字一字に、中国の漢字の音、訓を当てはめた表音文字のことだ。漢字の本来の意味とは繋《つな》がりはない。たとえば〝余能奈何波（よのなかは）〟〝也麻（やま）〟など。奈良時代の末に編まれた歌集『万葉集』に多く用《もち》いられたのでこの名がある。

この万葉仮名で記されたいろは歌を、ひらがなに直すと次のようになる。

いろはにほへと
ちりぬるをわか
よたれそつねな

らむうゐのおく
やまけふこえて
あさきゆめみし
ゑひもせす

また、漢字を交《まじ》えて意味を判りやすくすると、次のようになる。

色は匂へど散りぬるを
わが世誰ぞ常ならむ
有為の奥山今日越えて
浅き夢見し酔ひもせず

六郎太は、記されている四十七文字を、食い入るように見つめている。

「この書には署名がねえな」

ただ、文字が記されているだけだ。

「しかも七行書きか」

和尚の目が幾分《いくぶん》、細くなった。

「いろは歌が最初から七行書きだったとはな」

「何が言いたい」

「つまり、裏の意味は明らかだという事だ」

「裏の意味とは」

「惚《とぼ》けちゃいけねえ。沓《くつ》に言葉が隠されているだろう」

大和では『日本書紀《にほんしょき》』の時代より、文の中に言葉を隠す技が行われていた。『古今集《こきんしゅう》』では折句《おりく》が盛んに行われてもいる。たとえば紀貫之《きのつらゆき》の歌。


小倉山峯立ち鳴らし鳴く鹿のへにけむ秋を知る人ぞなき

この歌を五七調に分けると次のようになる。

小倉山
峯立ち鳴らし
鳴く鹿の
へにけむ秋を
知る人ぞなき

頭の文字を横に読めば〝おみなへし（女郎花）〟となる。

　こうした歌の読み方を折句と言い、言葉を各句の頭の部分に隠すものを冠《かんむり》、末尾に置くものを沓と呼んだ。

「いろは歌の沓を拾ってみな」

　静は巻物の文字を目で追った。

「とかなくてしす」

「そう。すなわち〝咎《とが》なくて死す〟」

　罪もないのに死んでゆかなくてはならない……。

「いろは歌は、そんな恨《うら》みのこもった歌なのさ。罪もないのに死んでゆかなければならなかった男の」

「まさかお前は、いろは歌が柿本人《かきのもとのひと》麻呂《まろ》の作だという事を……」

　柿本人麻呂。持統《じとう》天皇の頃、最も華《はな》やかに活躍した万葉の歌人。『万葉集』で最も目立つ歌人でもある。『万葉集』巻一、巻二の全二百三十四首のうち、六十首が人麻呂の歌だし、各章の最後は必ず人麻呂の歌で締めくくられている。だが、それほど『万葉集』では優遇されている人麻呂でありながら、当時の著名人がことごとく名を連ねる『古事記』『日本書紀』などには全く名前が記されていない。

　だが、注意深く『日本書紀』を見ると、次のような目を引く記述がある。

――柿本臣猨《さる》ら十人に小錦下《しょうきむげ》の位を授《さず》けたまう。

人麻呂の生きた時代に、柿本姓で名が見えるのが、人ではなく猨《さる》……。

　これは一体どうした事なのか。

「お前には人には見えぬものが見えるようだな」

　俊徳の声が低くなった。

「たしかに古《いにしえ》には、朝廷から追われた者は、その名を消され、代わりに、より貶《おとし》められた名を宛《あて》がわれるのが習わしだった」

　和気清麻呂《わけのきよまろ》が九州の大隅《おおくま》に流されたときには、別《わけ》部穢麻呂《べのきたなまろ》と名を変えられた。

「つまり、柿本人麻呂は、朝廷から追われ、猨《さる》と名を変えられた」

　そう解釈できる。また同時代の歌人、猿丸《さるまる》は都を追われた後の人麻呂の異名とも思える。

「しかしそれが謂《い》われのない罪だったら……。咎なくて死すか。なるほど、いろは歌には柿本人麻呂の恨みがこもっているのかも知れぬな」

　俊徳は目を床に落とした。

「ちがう」

　六郎太が呟《つぶや》いた。

　俊徳は目を上げる。

「俺にごまかしは通じないぜ」

「ごまかしだと」

「そうさ」

　六郎太は俊徳を見据《みす》える。

「いろは歌を柿本人麻呂が作ったのなら、どうして表の意味が仏に因《ちな》んでいるんだい」

　俊徳の眉が微《かす》かに動いた。

「いろは歌の表の意は、涅槃《ねはん》の偈《げ》を表してるんだろ」

　偈とは仏教経典における四行詩のことだが、その中の涅槃経第十三聖行品の偈——諸行無常、是生《ぜしょう》滅法《めっぽう》、生滅滅已《しょうめつめつい》、寂滅為楽《じゃくめついらく》。この偈を和訳したものがいろは歌だと言われている。意味は次のように解釈される。

——この世に、華やかな歓楽や生活があっても、それはやがて散り、滅ぶものである。この世は儚《はかな》く、無情なものである。この非常な儚さを乗り越え、脱するには、浅はかな人生の栄華を夢見たり、それに酔ってはいけない。

「この解釈が成り立つ以上、いろは歌を作ったのは僧侶だろう。しかも東寺に伝わっているということは、嵯峨天皇より東寺を給《たま》わった空海の作と考えて間違いない」

蟬《せみ》の声がこの講堂の中にも聞こえている。

「第一、四十七文字を一度も重ならずに使い切り、しかも意味のある歌にして、さらに裏の言葉まで隠すという離れ業《わざ》は、空海ほどの才人でなければできねえだろうよ」

「しかし裏の意味とは」

「いろは歌には間違いがある。それは〝我が世誰ぞ〟の〝ぞ〟だ」

「うむ」

俊徳は否《いな》まない。

「たしかに普通に考えればここは〝この世誰か〟とならなければならぬ。〝この世の運命は誰にも判らない、常ならぬものである〟という意味になるのだからな」

「そうだ。だから俺は、空海がそんな間違いをする訳がないから、空海は正しい歌を残したのに、世間に流布《るふ》したときに誤《あやま》って伝えられたものだと思っていた。ところが、空海が書いたこの歌からして〝我が世誰ぞ〟となっている」

「弘法《こうぼう》も筆の誤りですな」

「いや、弘法、すなわち空海がそんな間違いをする訳がねえ。もともと弘法も筆の誤りという言葉は、綱という字と網という字を間違えたのが始まりだ。

つまり綱網《こうもう》の誤り。それが弘法の誤りと、それこそ誤って伝えられた」

俊徳は黙って六郎太を見つめている。

「空海は、わざと〝我が世誰ぞ〟と書いたんだ」

「わざとですと」

「ああ。いろは歌は涅槃業の偈を表してると同時に、咎なくて死んだ恨みをも表している。つまり裏の意味はこういう事だ」

六郎太は次のようないろは歌の解釈を披露《ひろう》した。

――自分はかつて栄光の座で華やかに生きたこともあったが、それはもはや遠い過去のものとなった。この世は明日が判らない。自分に代わって、いま栄華を極《きわ》める者も、今にどうなるか判らないのだぞ。生死の分かれ目の、厳しい運命の時を迎えた今日、自分はもう何の夢を見ることもないし、それに酔うこともない。

俊徳はしばらく言葉を発しない。解釈の仕方によって、いろは歌の意味が、全く違ったものになってしまう。

「何故、空海が恨みの歌を残さなければならぬのかな」

再び俊徳は口を開いた。

「そのような歌を残さねばならぬ訳はない筈《はず》だが」

「そうかな」

「空海は真言密教の奥義《おうぎ》を授かり、高野山《こうやさん》を開き、この国に真言密教を打ちたてた。さらにこの東寺を給領され、綜芸種智院《しゅげいしゅちいん》をも創設された。思い残すことなどない人生を歩まれたと思うが」

六郎太は答えずに目を逸《そ》らした。それは何か考えをまとめているようにも見えた。

「お前に考えがあるのなら、聞かせてもらおうか」

「いろは歌には、大変な意味が隠されているよ」

「何なのよ、大変な意味って」

静が六郎太に訊《き》いた。

「薬子《くすこ》の変《へん》のことだ」

「薬子の変ですって」

和尚が唸《うな》り声を発した。

薬子の変とは、平安朝弘仁《こうにん》元年（八一〇年）、藤原薬子とその兄、仲成《なかなり》が天皇に対して起こした反乱のことである。

当時、嵯峨《さが》天皇の即位後、奈良の平城《へいぜい》上皇と天皇との間に実権をめぐっての対立が起こった。薬子と仲成は、上皇を再び帝位につけようと挙兵を企てるが、それを事前に知った天皇は兵を出し、上皇の寵愛《ちょうあい》する薬子を自殺に追いこんだのだ。大同《だいどう》二年（八〇七年）の伊予親王《いよしんのう》、吉子《よしこ》親子に続く、日本で二番目の服毒自殺である。

またこの事件をきっかけに、藤原冬嗣《ふじわらのふゆつぐ》らの藤原北家《ほっけ》が台頭《たいとう》し、後の摂関政治につながる藤原一族の繁栄の基礎を築いてゆくことになる。

「薬子って、稀代《きたい》の悪女よね」

静が言った。

「自分の色香《いろか》を武器にして平城上皇をそそのかしたんだから」

「たしかに薬子は、帝と上皇を骨肉の争いに巻きこんだ希有《けう》な女性だった。でも果たしてそれだけだろうか」

「え」

「薬子の変には、何かもっと、知らされていない秘密が隠されている気がする」

「何よ、知らされていない秘密って」

「我々が知らされている薬子の変とは、まったく違う景色《けしき》を空海は見たのではないか」

「六郎太。薬子の変に空海が関わっているって言うの」

「その通りだ」

「そんなこと……」

静はそう言ったきり絶句した。

「薬子の変には、恐ろしいからくりが隠されている。それを空海はいろは歌に残したんだ」

「なんですって」

六郎太の言葉を聞いた和尚の顔に、苦渋《くじゅう》の色が浮かぶ。

「恐ろしい女だな。薬子という女は」

六郎太は独《ひと》り言《ごと》のように言う。

「仕掛けも恐ろしいが、この真相はもっと恐ろしい」

「だからどういう事なのよ、それは」

「いいいろは歌はもう一つあるんじゃないのかい」

「何と言われた」

俊徳が目を剝《む》いた。

「空海はもう一つ、四十七文字を使った歌を残している筈だ。そしてそこに薬子の変の真相を隠した。でなければいろは歌の恨みの訳がわからねえ」

「それは」

明らかに俊徳は狼狽《ろうばい》している。

「そしてその歌が残ってるとすれば、いろは歌が残っているこの東寺の他《ほか》にはありえねえ」

静も口を開けたまま六郎太の横顔を眺めている。

「見せてもらおうか。もう一つのいろは歌を」

俊徳はしばらく考えていたが、やがて重々しく口を開いた。

「どうやら六郎太殿は、すべてを察してしまった様子」

六郎太は返事をしない。

「仕方がありませぬ」

俊徳は小さな溜息をついた。

「歌は見せましょう」

「和尚様」

「しかしあの歌を見せる前に、話さなければならぬ事がある。さもないと誤解を生む恐れがあるのだ」

「聞かせてもらおうか」

六郎太は和尚の目をじっと見つめた。

和尚も六郎太を見つめ返す。

「これは代々、東寺の住職に伝わる話。長い話になりますぞ」

「かまわねえ。聞くだけの値打ちはあるだろう」

「他言《たごん》は無用ですぞ」

六郎太は頷いた。俊徳は静にも顔を向ける。静も頷く。

「今はすっかり田畑となった平城京が、まだ華やかな都の賑わいを見せていた頃の話です」

俊徳はそろそろと話し出した。

一

橘《たちばなの》 逸勢《はやなり》は慌《あわ》てた様子で辺りをきょろきょろと見回した。

逸勢は緋色の衣服に身を包み、腰に飾太刀《かざりたち》をはいている。

杉の生《お》い茂《しげ》る山道が町の暑さを緩《ゆる》め、ここ高雄山《たかおさん》の頂《いただき》近くには心地《ここち》よい風が吹いていた。逸勢は開いていた扇子《せんす》を閉じた。

金堂も高雄道場も探したがいなかった。仕方がないから金堂の脇の林道を入り、山の中程にある草むらに足を踏み入れる。そこに、寝ころんでいる大柄な男の影が見えた。男は襤褸《ぼろ》をまとっている。

「空海」

逸勢はほっとしたような声を出した。だが、寝ころんでいる男は顔も上げようとしない。

「やっぱりここにいたのか」

逸勢は小柄な躰《からだ》で精一杯足を伸ばし、男に近づく。

「捜したぞ空海。お前はまたこんなところでさぼっているのか」

「これも修行のうちさ。ところでどうした。そんなに急いで」

空海と呼ばれた男は寝ころんだまま面倒臭《めんどうくさ》そうに問い返した。

「朝廷で唐人《からびと》を招いて詩宴を開いているのだが」

朝廷では、唐からやってきた使節団を招いて、しばしば詩宴を催《もよお》していた。唐人と我が国の文人たちがお互いに詩作を披露し、また酒を振る舞い、交歓の場としたのである。

「唐人が難しいことを言いおるのよ」

逸勢は笑みを浮かべながら早口で話し出す。話しているときの逸勢はいつも生き生きとしている。話すことが心《しん》から好きなようだ。

「あいにく誰も唐の言葉を解する者がいない」

「お前がいるではないか」

逸勢が早口でまくし立てるのに対し、空海は張りのある大きな声で答える。だが、決してゆっくりと喋《しゃべ》っているわけではない。空海の言葉もかなり早い。だが強さと勢いがあるから、逸勢のように軽さを感じさせない。それは二人の体つきから来る違いかもしれなかった。

「知ってるだろう。おれは唐の言葉は苦手だ」

空海と逸勢とは、延暦二十三年（八〇四年）、ともに遣唐使として唐に渡っている。

遣唐船団は四隻《せき》あった。空海と逸勢は第一船団に乗った。同じ船には大使の藤原葛野麻呂《かどのまろ》も乗っている。

第二船団には当時既に比叡山《ひえいざん》に延暦寺《えんりゃくじ》を開き、僧として頭角《とうかく》を表してきていた最澄《さいちょう》がいる。

空海が遣唐使船に乗ることができたのはかなり幸運に恵《めぐ》まれたと言わざるを得ない。

遣唐使は実は空海が選ばれた年の前年に派遣される予定だったのだ。その団員には、最澄の名はあっても、空海の名はなかった。ところが、一旦は出航した遣唐使船が、玄界灘《げんかいなだ》で暴風雨に遭い、渡航が中止された。そして翌年、改めて出航する際に、なんとか空海が潜《もぐ》りこむことができたのだ。

もっとも、空海の身分は私費で参加する留学生だった。最澄の場合は朝廷から公金二百金が授けられていた。

「実は唐人は日本の言葉を喋れるようだ」

「それなら俺やお前が行かなくともいいだろう」

「ところがだな」

逸勢は頭をかいた。

「その唐人は、我が国の仏法よりも儒教《じゆきよう》が優《すぐ》れているると論を吹っかけているのだ」

「言いたい奴には言わせておけ」

「しかし朝廷であのような事を言わせっぱなしにしては面目《めんぼく》が立たない」

逸勢は腰の太刀に手を掛けた。

「だったら最澄にでも頼めばいいだろう」

「あんな堅物《かたぶつ》が、そのような場に軽々しく出向くとは思えん」

「俺なら軽々しいというのか」

「いや、そうは言ってない。だからその、唐人を言い負かすことができるのはお前ぐらいだというのだ」

「なるほど」

空海は草むらから起きあがった。体つきと同じく、骨太を思わせる顔立ちで、目が大きく、鋭く強い光を放《はな》っている。

「行ってくれるか」

「我が国が唐人に侮辱《ぶじよく》されたとなると黙ってはいられまい」

「ありがたい。さすが空海だ」

「軽々しいか」

「それを言うな」

二人は軽口《かるくち》を叩きながら丘を下りていった。

空海の住む高雄山寺から平安京の宮城《みやぎ》までは、大人の男の足で一時《いつとき》（二時間）は優にかかるが、山歩きに慣れている空海はその半《なか》ばもかからぬ位の早足で歩き通してしまう。

橘逸勢も息を切らして空海の後をついていく。

山を下り、林を抜けると、人家が見えてくる。往《おう》来《らい》に人の姿が多くなる。

いくつかの道を通り過ぎると、やがてひときわ大きな通りに出る。その片側に、長く白い壁が伸びている。宮城である。

「間に合えばよいが」

逸勢が言った。

宮城は内裏《だいり》と朝堂院《ちょうどういん》とに分かれている。

内裏は、帝《みかど》と、帝に奉仕する宮人《みやびと》、皇后などが住む場所で、御所《ごしょ》ともいう。

朝堂院は朝政などの政務、即位、朝賀などの儀式に際して臣下が着座、列席する場で、朝堂と朝廷とに分かれる。

空海と逸勢は足を止めた。

低く、真《ま》っ直《す》ぐな長い塀《へい》の中程に大門があり、その脇に小門がある。小門の前には門番が立っている。門番は空海の汚れた服を見て顔を顰《しか》めたが、逸勢が一緒にいるので何も言うことはできない。二人は門番に挨拶をすると、内裏に足を踏み入れた。

目の前に無数の目玉が現れた。

「うわ」

逸勢が声をあげる。

「慌《あわ》てるな。孔雀《くじゃく》だ」

空海が逸勢を宥《なだ》めた。

落ち着いてみると、たしかに孔雀が羽を広げている姿だった。

「驚いた」

「唐人の贈り物だろう」

孔雀はなおも羽を広げて、目玉模様を逸勢に誇示《こじ》している。

「あの羽の模様を見ていると、なんだかクラクラして心が惑《まど》いそうだ」

「孔雀明王《みょうおう》に魅入られているのよ」

「孔雀明王……」

孔雀は毒蛇を食らう事から、神秘の力があると思われ、孔雀明王思想が生まれた。

「孔雀の羽の文様は、曼荼羅でもあるのさ」

「曼荼羅……」

空海にそう言われると、逸勢は尚更《なおさら》、孔雀から目が離せなくなった。

「行こう」

空海に促《うなが》され、侍従《じじゅう》達をやり過ごすと、やがて紫色の上衣《うわごろも》を着た藤原葛野麻呂が出迎えた。

「これは橘殿。空海殿」

葛野麻呂は五十五歳。その顔は威厳があり、背も高く、風格を感じさせる。

「詩宴にお招きいただき、ありがたく思っています」

空海が葛野麻呂に頭を下げた。

「皮肉《ひにく》を申すな。お前の助けが必要なのだ」

「事情は聞いた。案内してもらおうか」

「うむ」

葛野麻呂は空海と逸勢を内裏の東に位置する東院に連れていった。

襖《ふすま》を開けると十人ほどの人間がいる。

上座にいるのが、簡素でゆったりとした唐人風の服装から、唐人だとすぐに判る。空海と同じほど大柄なその唐人は旨《うま》そうに酒を飲んでいるが、他の者たちは酒も食い物も口にせず、宴《うたげ》を楽しんでいるようには見えない。

「これは空海殿」

空海が顔を見せると、すぐに唐人が立ち上がった。唐人は薄笑みを浮かべて空海に目をやる。

「王思託《おうしたく》殿でござる」

葛野麻呂が空海に耳打ちする。

「王殿。こちらは唐の恵果《けいか》和尚から真言密教を受け継《つ》いだ我が国が誇る僧侶、空海殿でござる」

空海は王に向かってゆっくりと頭を下げた。

「これはこれは」

王は団扇《うちわ》で自らを扇《あお》ぎながら空海を見ている。

「和人でありながら唐の僧侶から秘技を受け継ぐとは大したもの」

「恐れ入ります」

「さても仏教とは有《あ》り難《がた》いものよ。異国の者にもすぐに秘儀を授けられるとは」

床の上に坐っている者たちの顔色が変わった。

「我が国の仏教を軽いものと言われるのか」

葛野麻呂が王に詰め寄った。

「この国の仏教に限らず、唐の国の仏教も同じですな。奥義を簡単に授けられるほどのもの。いずれにしろ大したものではあるまい」

葛野麻呂が悔《くや》しそうな顔をして空海を見た。空海は頷いた。

「では訊くが、王殿はどのような教えを拠《よ》り所として日々を送っているのか」

「むろん、唐の先人である孔子《こうし》様の教えだ」

「なるほど。儒の教えだな」

「さよう。人間にとっての最も優れた行為は、孝《こう》であり忠《ちゅう》である。この二つが根本だ。親からもらった躰を傷つけず、主君の危難を見れば一命を投げ捨てる。これが孝であり忠なのだ」

「たしかに立派な心構《こころがま》えだ」

「空海殿」

葛野麻呂が空海の袖を引いた。だが空海は葛野麻呂を見向きもしない。

「人間にとって大事なものは判った。では人間にとって、最も楽しみになる事は何だ」

「楽しみ……」

空海は王の目を見つめる。

「それは考えるまでもない。財産と地位を築く事だ。親を大事にして真面目《まじめ》に仕事に励《はげ》めば、親の財を食いつぶす事もなく、さらに賑《ふく》らませる事ができる。また主君に忠実に仕《つか》えれば、自《おの》ずと地位も上がろう」

王はジロリと空海を睨《にら》んだ。

「空海殿にも親があり、主君もいるだろう。なのにどうして親を養おうとせず、主君に仕えようとしないのだ。そのような破れた衣服で物乞《ものご》いのように暮らしているとは。仏教徒はそのような恥ずべき事を教えているのか。そのような教えならすぐに捨てて、儒、すなわち忠孝の道を歩まれるが良い」

言われ放題である。逸勢はハラハラとした。

「忠孝の道とはどのようなものか」

空海は慌てずに王に訊き返している。

「知れた事。常に笑顔で親に接する。また仕官をすれば主君のために命を捧《ささ》げるのが忠の道だ」

「それは立派な事だな」

王は満足げに杯《さかずき》を口元に運ぶ。

「しかしそれは小さな孝に過ぎない」

「なに」

杯を運ぶ手が止まった。

「躰を使って親に仕えるのは尊い事だ。しかしそれは小さな孝だろう」

「どういう事だ」

「大きな孝は広く人徳を施《ほどこ》す事ではないかな」

空海はまっすぐに王を見据えている。

「たとえ身なりは襤褸《ぼろ》を纏《まと》ってはいても、求道《ぐどう》のためにはやむを得ないのだ。仏陀《ぶつだ》でさえ、求道のためには衣《ころも》を脱いで飢えた虎の餌食《えじき》になったのを知らないか。たしかにそのために仏陀の両親は嘆き悲しんだ」

王の眉間《みけん》の皺《しわ》が深くなった。

「しかしやがて仏陀は悟りを開き、自分の親ばかりでなく、広く世間の民を救ったんだ。広いばかりではない。後の世の人まで救ったぜ。これが大きな孝というもんだ」

　王は言い返す事ができずにいる。

「王さんよ。あんたは孝を説《と》き忠を勧《すす》めるが、ただ己《おのれ》の体力の限りを尽くすだけの忠孝は小さな忠孝に過ぎないと知れ」

　王は顔を真っ赤にさせている。やがて立ち上がると、何も言わずに部屋を出て行った。部屋にいた公《く》卿《ぎょう》たちの間から、期せずして歓声が沸《わ》きあがる。

「空海殿。忝《かたじけ》ない」

　藤原葛野麻呂が頭を下げた。

「なんの。俺も仏の徒《と》だ。仏の道を貶《けな》されたら、黙ってはいられないというだけだ」

「それにしてもよくあいつを言い負かしてくれた。ささ、馳走《ちそう》を食していってくれ」

「いや、いい」

「しかし」

「こういう堅苦しいところは性《しょう》に合わないんだ。逸勢。俺の庵《いおり》で飲まないか」

「相変わらずだな」

　空海がさっさと部屋を出て行くと、逸勢も慌てて空海の後を追った。

＊

　暗い部屋の隅《すみ》で、小さな壺《つぼ》から仄《ほの》かな湯気《ゆげ》が立ちのぼっている。

　壺は上下二つに分かれ、下の部分に火が熾《おこ》されているようだ。その壺を藤原縄主《ふじわらのただぬし》が物欲しそうな顔で見つめている。縄主は藤原式家《しきけ》で従三位《じゅさんみ》の位にある。今年で五十歳になった縄主は、食べることと、女房と交《まぐ》わうことのほかにやることがないせいか、ぶくぶくと太っている。

　——あのような美貌の若女房を宛《あてが》われては、それも致し方のないこと。

宮中ではそのように揶揄《やゆ》する者もいる。

女房の藤原薬子《くすこ》は、夫より遥かに年下である。すでに年増《としま》ではあるが、その肌はすべすべとして張りがあり、美しい顔は若い娘のように見える。

「できました」

薬子が言った。

薬子は壺の上部を取り外し、中の熱い液を湯飲みに移す。

「えびす草と地黄《じおう》を煎《せん》じたものです」

えびす草は唐から取り寄せた豆に似た草で、唐では決明子《けつめいし》と呼ばれている。

地黄は蝦夷《えぞ》から運ばれたもので、初夏に紫の花を咲かせる。

どちらも男の精を強める働きをする。

縄主は薬子の煎じたものをふうふう言いながら飲み乾《ほ》した。

やがて縄主の男が着物の上からも判るほどに猛《たけ》り立った。縄主は着物を脱ぎ捨てた。

四方を布で囲まれた御帳《みちょうだい》台の上に薬子は寝かされる。すぐに縄主がその巨体を乗せてくる。

醜悪な夫の顔が近づいてきた。

藤原薬子は目を瞑《つぶ》った。

「薬子」

そう言いながら縄主の分厚い唇が薬子の桃色の唇に触れ、押しつけられた。

やがて縄主の舌が薬子の唇を割り押し入ってくる。縄主の舌は薬子の口の中で、鮑《あわび》のようにのたうった。

(五人の子を成した夫への礼儀)

そう思って薬子は縄主の執拗《しつよう》な口吸いを受け入れている。

縄主は口吸いを続けながら、薬子の着物の隙間から胸をまさぐりに来る。

薬子はなすがままに胸を預け、縄主に誘われて布団《ふとん》の上に横たわる。着物の前を割られ、真っ白い躰が露《あら》わになる。

縄主のぶよぶよと膨《ふく》れ上がった巨体が薬子の上に覆《おお》い被《かぶ》さった。

その間、薬子は目を瞑ったままだ。一度も縄主の顔を見ない。

縄主はすぐに多くの汗を噴き出し、薬子の躰を湿《しめ》らせる。縄主は薬子の口にまだ自分の口を押し当てたまま荒い息を吐き出している。

しばらく薬子の上で躰を動かしていた縄主は、自分の欲望を、若い妻に解き放った。

事が済むと縄主はすぐに着物を着た。

薬子は目を開けた。裸のまま布団の上に仰向《あおむ》けに寝て天井を見つめている。

縄主は満足げに団扇《うちわ》を使いだした。

「わしは果報者じゃ。そなたのような美しい妻を娶《めと》ったのだからな」

縄主は仰向けになった薬子の胸に手を当てた。

「この歳になって、もう男が役立たぬと思っていたが、お前が拵《こしら》えてくれた薬のせいで毎夜、お前を抱く事ができる。礼を言うぞ」

「野心はおありになりませぬのか」

薬子が縄主に胸を預けたまま言った。

縄主が薬子の胸から手を放し、幽《かす》かに険《けん》を含んだ返事をする。

「なに」

薬子は半身を起こした。裸の躰に着物を羽織る。

「今、世の中は帝《みかど》の思いのままに動いています」

「当たり前ではないか」

縄主は薬子が何を言わんとしているのか判らなかった。帝の名は賀美能《かみの》と言った。神野《かみの》とも書く。後に嵯峨《さが》天皇と諡《おくりな》される人物。若いのに聡明で、政《まつりごと》にも才《さい》を振るっていた。

「お前様には世の中を動かしてみたいという気持ちはありませぬのか」

「何を言う」

縄主は笑った。

「そのような大それた事を思うわけがないではないか」

「しかし位が上がれば帝にお会いになる機《しお》も増えます」

「帝にお会いする機が増えればどうだというのだ」

薬子はしばらく返事をしなかった。

「お前様より位が下だった巨勢《こせの》様や冬嗣《ふゆつぐ》様も、帝にお会いすることによりご自分のお力まで強めました」

巨勢野足《のたり》と藤原冬嗣は蔵人《くろうど》を束《たば》ねる職にある。それは帝の命を諸大官に取り次ぐ役目のもので、絶大な力を持っている。

「その話か」

縄主はうんざりしたような顔をした。

「わしはそのような役職は望まぬ。お前とこうして閨《ねや》を共にできればそれでいい」

「情けない」

薬子が小さな声で言った。

「何」

「何でもございません」

薬子は着物の前を併《あわ》せた。

＊

うだるような暑さの中、紫宸殿《ししんでん》の庭では、日本中から相撲人《すまいびと》が集められ、相撲節会《せちえ》が催されていた。

頭に葵《あおい》や夕顔《ゆうがお》の花をつけた裸の大男たちが汗を滴《したた》らせ、躰をぶつけ合う。天覧試合である。

「大きいな、あの男たち」

帝が氷を食べながら言う。

若い帝である。

現在、二十四歳。

小柄だが、その顔《かんばせ》は美しく、御簾《みす》の向こうからも光がこぼれてきそうだと評判だ。直《じか》に会った者の話によれば、美しい顔には常に満面の笑みを湛《たた》えているという。いつでも人の心を浮き立たせるような華やいだ声も、帝の魅力の一つだった。

神野という名は、おそらく幼少の頃より芳《かんば》しく、神々《こうごう》しいほどの才を見せていたからつけられた名前ではないだろうか。

神野帝、すなわち嵯峨天皇は詩文にも優《すぐ》れ、書も後に空海、橘逸勢と並んで三筆《さんぴつ》に数えられることになる。

昨年、兄の平城《へいぜい》天皇より帝の位を譲位された。

三十六歳の平城が上皇となり、若い神野が帝となった。

平城にしても三十六歳とは、まだ譲位を行う歳ではない。ではなぜ譲位をしたかと言えば、弟の神野に帝の位を譲ることによって、我が子である高岳親王《たかおかしんのう》を皇太子にするためであると思われていた。自分の死後、皇太子が決められたら、当然、神野帝の皇子《みこ》が選ばれてしまう。その事態を避けるために先手を打ったのである。

平城上皇の考えには、神野帝も気づいていた。

「御意《ぎょい》」

神野帝の言葉に、藤原冬嗣が答えた。

冬嗣は三十五歳。

笛《ふえ》の名手である。

働き盛りで、また実際によく働いた。だがその立ち居振る舞いはいつも優雅で、周りの者たちはその優雅さに感心しながら冬嗣を眺《なが》めた。

心根《こころね》は穏和《おんわ》で、よく人に慕《した》われた。他の者より薄い色の束帯《そくたい》姿がよく似合っていた。

「このところ雨が降らぬな」

「は」

たしかにここ一月《ひとつき》ほど雨が降っていない。京の民は〝祟《たた》り〟だと言って怯《おび》えている。だが帝自身は氷を食べている。七月に入ってのあまりの暑さに、どうしても氷が食べたいと神野帝が言い出したので、冬嗣が家来《けらい》たちに命じて富士の山の頂から運びこんだのだ。

(神野帝は欲しいものはどんな事をしてでも手に入れるおかた)

その事を知り抜いている冬嗣はたとえ真夏に氷だろうと、手に入《はい》らぬとは言えなかったのだ。

「下々《しもじも》は困っているのではないか」

「恐れ入ります」

冬嗣は頭を下げる。

「請雨《しょうう》の法を行いたいと思うのだが」

「有《あ》り難《がた》きお言葉」

庭では大男が小さな相撲人に投げ飛ばされ、大きな歓声が上がった。

「誰にやらせたらよいか」

祈禱《きとう》により雨を降らせる儀式。冬嗣は頭の中で素早く僧侶たちの顔を思い起こした。

「薬子などはどうだろう」

冬嗣は一瞬、聞き間違いかと思った。藤原薬子は尚 侍《ないしのかみ》であり僧侶ではない。

「薬子は不思議な幻術を使うという」

それは宮中では知らぬ人のない噂だった。

なんでも最初は女官《にょかん》たちの失《う》せ物の在処《ありか》を、ピタリピタリと当てたそうだ。女官たちは薬子を頼るようになり、何かにつけて相談を持ちかけるようになった。そして薬子は、失せ物ばかりでなく、女官たちの行《ゆ》く末《すえ》のことまで言い当てるようになった。その噂は公卿たちにも伝わり、薬子の周りに女官ばかりか、公卿たちまで集まるようになった。

やがて薬子は、さらに不思議な幻術を使うようになる。失せ物を見つけだすのではなく、人の見ている前で、物を消すのだという。

「恐れながら」

神野帝に逆《さか》らうことは恐ろしかったが、ここは筋《すじ》を通すべきだと冬嗣は判断した。

「請雨の法は僧侶に任《まか》せるのが昔からの仕来《しきた》り」

「うむ」

神野帝はそう言ったきり口を噤《つぐ》んだ。

（お気を悪くされたのか）

冬嗣は気を揉《も》んだ。神野帝は気分を害されると容《よう》赦《しゃ》のないところがある。それを散々《さんざん》見てきた冬嗣だった。

「では僧侶なら誰がよいか」

冬嗣は安堵《あんど》した。帝は冬嗣の言葉を聞き入れてくれた。

「請雨の法はなまなかな事では務《つと》まりますまい。かなりの高僧でなければ雨を降らす事はできぬ筈」

「そうだろうな」

神野帝は天井に目をやった。心当たりを考えているのだろう。

「最澄はどうか」

天台宗《てんだいしゅう》の宗祖。

「御名案です。最澄は当代一《とうだいいち》の高僧。ただ」

冬嗣の頭の中には、一人の人物の顔が浮かんでいた。

「ただ何だ」

「雨を降らすという秘術は、空海の方が適任かと」

「空海か」

「はい。空海は密教の秘術を極《きわ》めております」

「ふむ」

神野帝は考えている。

最澄は堅実な男だ。雨を降らすなどという怪《あや》しげな行いには与《くみ》しないのではないか。冬嗣はそう睨んでいた。

延暦四年（七八五年）、最澄は東大寺《とうだいじ》の戒壇院《かいだんいん》で具足戒《ぐそくかい》を受けて比丘《びく》となったが、奢《おご》ることなく自らの修行の完成を目指して比叡山《ひえいざん》に入った。その際、自らを愚、低下《ていげ》と蔑《さげす》んでいる。そのような求道の僧が軽々しく雨乞《あまご》いを引き受けるだろうか。もし帝に命じられて断りでもしたら、面倒なことになる。冬嗣はその事を危惧《きぐ》した。

「任せよう」

冬嗣は再び安堵した。頭を下げる。

「あの相撲人に褒美《ほうび》を取らせよ」

神野帝が大男を投げ飛ばした小柄な相撲人を指さして侍従《じじゅう》の一人に言った。侍従は辞儀《じぎ》をしてその場から離れた。

「そうだ冬嗣」

「は」

「請雨のほかにもう一つ聞きたいことがあった」

「はい」

「藤原縄主のことだ」

はて、縄主は平城帝の頃から朝廷に仕え、その人となりは帝もよくご存じの筈だが、と冬嗣は訝《いぶか》った。だがすぐに神野帝の真意に思い当たった。

（あのことの他にない。だから請雨の法のことも）

冬嗣は心の中で溜息《ためいき》をついた。

（帝はいつも回りくどい言い方をなさる）

冬嗣は自分の考えに間違いはないだろうと思った。

「この頃、縄主は快《こころよ》く過ごしているか」

「はい。特に気分が優《すぐ》れぬなどという噂は聞きませぬ」

「ふむ」

神野帝はしばらく黙った。

「縄主も、もうよい歳だ。疲れているのではないかな」

「さあ、それは」

冬嗣は神野帝の真意に気づかぬ振りをする。

「いや、疲れている。それも美しい女房のせいだろう」

やはり、と冬嗣は思った。神野帝は美しい女子《おなご》をことのほか好まれる。藤原縄主の女房、薬子は美しい人だった。さきほど薬子に請雨の法をやらせようと言い出したのは、請雨の法そのものよりも、薬子自身に興味があったからに違いない。美しく、幻術を使う女。そんな薬子に帝は興味を持たれたのだ。そしてその美しい女体《にょたい》を、抱いてみたくなった……。

「一度その辺りのことを縄主の女房に尋《たず》ねてみようと思う」

「はい」

「良き日を見計《みはか》らって連れて参れ」

「は」

冬嗣は頭を下げた。紫宸殿の庭では、まだまだ相撲節会が続いていた。

*

藤原薬子は平城上皇に激しく口を吸われていた。御簾《みす》の内側である。

上皇は、その逞《たくま》しい腕で強く薬子をかき抱《いだ》き、薬子も抗《あらが》わなかった。

平城は現在、三十六歳の男盛《おとこざか》りである。その目つきは鋭く、彫《ほ》りの深い顔は異国人を思わせる。

父親の桓武《かんむ》天皇から、平城は彫りの深さを、神野帝は優雅さを受け継いだようだ。

平城は上の衣を脱いだ。薬子も自ら袿《うちき》を脱ぎ捨てる。

二人は布団の中で裸になり、躰を合わせた。

やがて二人は自然に唇を重ねる。

お互いに求め合い、求めたものを得ると、しばらく抱き合いながらまどろんでいた。

「逞しいおかた」

薬子が平城の胸に顔を埋《う》める。平城はその頭を抱いた。

「縄主の方が躰は大きいのではないか」

平城がそう言うと、薬子はすねたような顔を見せた。

「あのような男」

「お前の亭主ではないか」

「勝手に決められた亭主です」

「これは激しい言いようだ」

薬子は返事をしなかった。

平城が起きあがり、上の衣をまとった。薬子も身《み》繕《づくろ》いをする。

平城の妻だった帯子《おびこ》は延暦十三年（七九四年）に没している。その後、伊勢継子《いせのつぎこ》との間に高岳親王をもうけたりもしたが、平城に、皇后、夫人の称号を賜《たまわ》った女性はいない。それはおそらく平城自身が、生涯の女性を薬子一人と思い定めているせいだと公卿、女官達は噂していた。

平城上皇と薬子が初めて出会ったのは平城がまだ皇太子の頃、延暦十七年（七九八年）のことだった。薬子の娘が後宮へ入ったことで薬子も東宮宣旨《とうぐうせんじ》として出仕《しゆつし》するようになり、やがて平城と深い仲になったのだ。桓武帝はこの人妻との情事を嫌い、薬子を東宮から退《しりぞ》けたが、平城は即位すると直《ただ》ちに薬子を宮中に呼び戻し、以前より高い地位を与えた。

「帝がお前に興味を示しているという話を聞いたが」

薬子が着物を整える手を止めた。

「そのようなこと」

「あり得ない事ではない。お前が使う幻術。そのような術が帝は好きなのだ」

薬子は頷いた。

「それに帝は美しい女子《おなご》が好きだ」

「わたくしには上皇様の他に殿方はおりませぬ」

「嬉しいことを言ってくれる」

着物を着終えた平城は高麗縁《こうらいべり》の畳《たたみ》の上に腰を下ろした。

少し離れた場所に薬子も坐《すわ》る。

「上皇様こそ、近頃、穂影《ほかげ》とか申す女官にご執心《しゅうしん》とか」

「莫迦《ばか》なことを言うな」

平城は笑った。

「たまたま続けて寝所《しんじょ》に呼んだだけだ。最初に呼んだときに、また呼んでほしいなどと言ったのでな」

平城は少し気恥ずかしそうに言った。

「それより、このところ帝は少し気ままに振る舞いすぎると思うがどうだ」


薬子は無言で頷いた。

「余が帝に位を譲ったのは、もちろん我が子高岳親王を皇太子にするため」

「はい」

「あくまで帝は余の下で政《まつりごと》を行うべき立場なのだ。それなのに最近の帝の態度はどうだ」

政に関して、このところ神野帝は、平城上皇の意向を蔑《ないがし》ろにすることが多くなっていた。

「近頃は地方の豪族どもが力をつけてきているし、余《よ》も長い事、患《わずら》っていた」

平城上皇は帝であった頃、病《やまい》を得た事があったので、療養のための住居を大内裏の南に建てた。譲位を行って上皇となった今も、普段はそこで起居している。

西に向いた庭からは、遥か彼方に嵐山《あらしやま》が望め、その景色をことのほか平城上皇は気に入っていた。

「そのような時勢だからこそ、帝には余計な事は考えずに余に力を貸してほしいのだ。譲位したといえども、実権は余にあるのだから」

「本当に」

薬子は溜息を洩《も》らした。

「しかしこの薬子は、安殿様《あてさま》が帝であらせられた時より、安殿様のためにあらゆる手立てを講じております」

「それは頼もしい」

「安殿様を敬《うやま》う事は、我が藤原式家の繁栄にも繋《つな》がると思い定め、一族の名に賭けて安殿様の世が永久《とわ》に続きますよう陰《かげ》の力に徹しています」

「そこまで思ってくれるのか」

薬子は平伏《ひれふ》した。

「それは例えばどの様な事なのだ」

「安殿様のお心を患わせるような事ではございませぬ」

「そうか」

「しかし一つの懸念《けねん》がほかならぬ帝」

平城上皇は険《けわ》しい目で薬子を見つめた。

「帝はあのようなお優しいお顔をしておいでですが、どうしてどうして我《が》の強いお方」

「判るのか」

「はい」

薬子が頷いた。

「このままでは何か上皇様にとって、よからぬ事が起きそうな気がいたします」

「余によからぬ事だと」

「はい」

「一体なにが起きるというのだ」

「さあ」

薬子はそれきり口を噤んだ。平城もその先まで問い詰めようとはしなかった。

＊

薬子は平城上皇の御所に出仕すると、女官の穂影を自分の几帳《きちょう》の中に呼び寄せた。

床の隅に小さな壺が置かれ、湯気を立たせている。

「日々のお勤めご苦労様です」

薬子に労《ねぎら》われて穂影は頭を下げた。穂影はまだ年若く、瓜実顔《うりざねがお》の美しい女子《おなご》だ。

「近頃は上皇様に連夜のように呼ばれて尽くしているとか」

「それは……」

穂影は困惑したように言葉を詰まらせた。

「良いのです。わたしも上皇様の気持ちが少しでも安らぐのなら、穂影にもっと上皇様の寝所に通ってほしい」

「薬子様……」

穂影は顔を赤らめた。

「連夜のお勤めでさぞ疲れていることでしょう。これをお飲みなさい」

薬子は部屋の隅の壺から、ドロッとした液を器に移して穂影に渡した。

「これは……」

「疲れを取る薬です。精もつきますよ」

穂影はしばらく器の中の液を見つめていたが、やがて薬子に礼を言うと液を飲み乾した。

＊

細い山道の脇に生《は》える楓《かえで》の木々をくぐり抜け、逸勢は高雄山寺の庵《いおり》に空海を訪ねた。

高雄山寺は延暦十三年（七九四年）、平安京の造営大夫《たいふ》であった和気清麻呂《わけのきよまろ》が建てた寺である。

空海は唐から帰国してしばらくは九州太宰府《だざいふ》に留め置かれた。二十年の留学を二年で切りあげて帰国したことは重罪に価《あたい》するからである。だが、やがて空海が唐から持ち帰った膨大な文献の価値が認められ、都の北に位置する高雄山寺に入山が許されたのだ。

空海はこの高雄山寺で弟子たちと炎の修法に取り組んでいた。護摩供《ごまく》である。護摩火を焚《た》き、炎の持つ清浄の力により自らの煩悩《ぼんのう》を減し国家の安泰《あんたい》を祈念する修法である。

「真念《しんねん》」

金堂の前を箒《ほうき》で掃いている空海の弟子、若い真念を見つけて逸勢は声をかけた。足を止めると涼しげな山の上でも汗が噴き出る。逸勢は扇子を広げ、顔から首にかけて風を送った。

「これは橘様」

「空海はいるか」

「今は高雄道場にて真雅《しんが》たちに教えを説いていると思います」

「お前は教えを乞《こ》わなくて良いのか」

「金堂の前を清めるのも修行の一つと教えられました」

「そうか」

逸勢は笑みを洩らすと高雄道場に足を向けた。高雄道場とは空海が居住する庵の事で、空海自らが高雄道場と名づけて弟子達の修行の場としている。

「橘様」

「何だ」

「手に何を持ってらっしゃいます」

「これか」

酒を入れた瓢簞《ひょうたん》である。

「お酒ではないですか」

「庵を清めるための聖水だと空海が言っていた」

「空海様に飲ませないでください。僧侶は粥《かゆ》だけあれば充分です」

「毎日粥だけでは飽きるだろう」

真念は諦《あきら》めたように首を左右に振った。

逸勢は金堂からほど近い高雄道場に出向いた。かやぶきの屋根の下には部屋が一つしかないが、そこに空海と真雅、真済《しんぜい》がいるのが見える。

「おう、逸勢か」

空海も逸勢に気づいた。

「空海。聖水を持ってきたぞ」

「橘様。折角《せっかく》のご厚意《こうい》ですが、我らは仏に仕える身。酒は飲みませぬ」

真雅が言った。

「堅い事を言うな」

「なりませぬ」

「どれ、お前の本心を聞き出してやろう」

そう言うと空海は、なにやら経《きょう》を唱《とな》えだした。

「空海様」

真雅は困ったような顔をしたが、観念したのか空海に向き合って目を閉じた。

「如是我聞一時薄伽梵成就殊勝一切如来金剛加持」

「真言《マントラ》です」

真済が逸勢に耳打ちをした。

空海の真言が止《や》んだ。

「どうだ真雅」

「一度ぐらいは、お酒というものを飲んでみたいと思います」

空海は笑った。

「空海様。困ります」

真雅が顔を真っ赤にさせている。

「どうも空海様の真言を聞くと心の奥深いところまでさらけ出されてしまうようです」

「それでいい」

空海は満足げに頷いている。

「お客様ゆえ、我らは失礼します」

そう言うと真雅と真済は逃げるように高雄道場を出て行った。

逸勢と空海は思い切り笑った。

「この間は胸がすく思いだったぞ」

一通り笑い終えると逸勢が言った。

「何の事だ」

「仏教を貶《おとし》める唐人をやりこめた話よ」

逸勢は空海の正面に腰を下ろした。

「あれか」

空海はさっそく逸勢が持ってきた酒を器《うつわ》に汲《く》んでいる。

「さすがは空海だ。仏教のみならず、孔子についても唐人に一歩も引かぬ知識を持っている」

逸勢は唐での空海の活躍を思い起こした。

留学生として唐に渡ったときから、唐の言葉に四《し》苦八苦《くはっく》していた逸勢や最澄を尻目《しりめ》に、すでに空海は唐の言葉を自在に操っていた。


日本にいるときから詩文の才に優れていた空海は、唐に渡っても、その才を遺憾《いかん》なく発揮することになる。留学期間中に梵語まで自分のものとしているのだ。我が国で初めて梵語を理解したのは空海だった。

また唐に渡ったとき、空海を乗せた遣唐使船は、嵐に遭《あ》って目的地である長安には着かずに、福州《ふくしゅう》赤岸鎮《せきがんちん》に漂着してしまった。福州の役人は、一行を訝って上陸を許さなかった。

大使である藤原葛野麻呂が上表文を奉《たてまつ》ったが、許可は下りなかった。そこで葛野麻呂は空海に上表文の代筆を頼んだ。この時に空海が書いた『大使、福州の観察使に与うるが為の書』は、相手を立てつつ、自分たちの主張を臆《おく》さずに述《の》べた名文だった。この書は「異国に我が国の言葉を自在に操り、なおかつこのような名文にまで仕上げる才がいるとは」と福州の役人たちを驚かせ、すぐさま上陸が許された。

　この時のことを逸勢は思い出したのである。

　空海はその事については何も言わなかったが、嬉しそうな顔をして酒を飲んだ。

「時に平城上皇の御所で妙な噂を聞いてな」

「どんな噂だ、逸勢」

「うむ。なんでも平城上皇の寵《ちょう》を受けていた穂影という女官の顔が、急に爛《ただ》れてしまったというのだ」

「悪い病にでも罹《かか》ったのだろうよ」

「ところが、顔が爛れたのは穂影一人ではない。前にも一人、平城上皇の寵を受けた女官で顔が爛れた者がいるのだ」

「ほう」

「何かの祟りではないかと女官たちが怯《おび》えているそうだ。お前の護摩焚きで悪霊を退散させてはくれぬか」

「悪霊なら退散させぬでもないが」

「どうした。悪霊よりも怖いものがあるのか」

　空海は答えずに考えこんでいる。

「御免《ごめん》」

　表で声がしたかと思うと、戸が開いた。

　逸勢が振り返ると、朝廷からの使いの者が二人、立っている。

「これは橘殿」

　二人は逸勢に頭を下げた。逸勢も見知っている男たちだった。

「お主《ぬし》たちはたしか冬嗣殿の」

「さよう」

　冬嗣の元で使い走りをしている者どもである。

「こんな所に何の用だ」

「こんな所は酷《ひど》いな」

　逸勢の言葉を空海が苦笑混じりに窘《たしな》めた。

「これは済まぬ」

　逸勢は頭を掻《か》いた。

「空海殿。御酒を召し上がるのですか」

「いや、逸勢殿が持ってきてくれたのでな」

「空海」

　空海は大きな声で笑った。

「それで」

　使いの二人が話を戻す。

「ぜひ請雨の法を行うようにとの帝のご命令です」

「その話か」

「空海。お前はそんな事を帝から命じられていたのか」

「うむ。この者たちがここに来るのも、もう三度目よ」

「今日こそは承諾してもらいますぞ」

　使いの者は意気込んだ。

「しかし、いくら空海でもそう簡単に雨を降らすことなどできぬぞ」

　逸勢は使いの者たちに言った。

「しかしもう一月《ひとつき》も雨が降っておりませぬ。これでは作物も育たず、民が苦しみます」

　二人の男は一歩、空海に近づいた。

「お願いです空海殿。是非とも請雨の法を」

「うむ」

　空海はしばし考えていたが、やがて「わかった」と言った。

「おお、承諾してもらえるか」

「空海」

「逃げてばかりもいられまいよ」

　空海はそう言ってニヤリと笑うと、杯の酒を飲み乾した。

*

　請雨の法は、神泉苑《しんせんえん》で行われる。

　都の貯水槽の役目を果たす池の畔《ほとり》に造られた祭儀

用の広場である。宮城の南東、ほど近いところに神泉苑はある。

空海は弟子も連れずに神泉苑を訪れた。すでに四門が開け放たれ、大勢の者どもが詰めかけている。池はすでに水が枯れかかり、所々は乾凅《ひか》らびている。

「よくおいでくださった空海殿」

藤原冬嗣である。

空海は冬嗣に軽く頭を下げる。

「此度《このたび》の旱魃《かんばつ》、祟りではないかと帝もひどく気にかけていらっしゃる」

平安京は、早良《さわら》親王と伊予《いよ》親王という、二人の怨霊への恐怖に囚《とら》われていた。

早良親王は桓武帝の同母弟で、延暦四年（七八五年）、藤原種継《たねつぐ》暗殺事件に連座して廃された。種継は桓武帝の信任が厚かったが、反対派の大伴継人《おおとものつぐひと》に暗殺された。早良親王はその首謀者と目《もく》され、淡路《あわじ》に流されたが、途中、飲食を断って憤死した。

伊予親王は桓武帝の子だが、大同《だいどう》二年（八〇七年）、藤原宗成の謀反の首謀者として、母親、吉子《よしこ》と共に幽閉され、毒を飲んで自死した。これが日本で最初の服毒自殺である。

以降、都の人々は凶事、災害が起きると、二人の怨霊のせいだと怯えるようになった。

「すでに準備は整っている」

池の畔には六霊座が設《しつら》えられ、その上には蠟燭《ろうそく》、花を挿《さ》す筒《つつ》、鉦《かね》などが置かれている。

空海はそれらの道具を一瞥《いちべつ》しただけで、すぐに空に目をやった。夏の日差しが照りつけている。

「大丈夫か、空海」

駆けつけてきた逸勢が扇子を使いながら空海に声をかける。

「ああ」

空海はさして緊張した様子も見せずに、涼しげな顔をしている。

「かなりの大事になっているぞ」

神泉苑には右大臣《うだいじん》藤原内麻呂《うちまろ》、大納言《だいなごん》藤原園人《そのひと》などが顔を見せている。

「大事は承知の上だ」

管弦が鳴りだした。雅楽寮《ががくりよう》の伶人《れいじん》たちが奏しているのだ。それに合わせ、公卿の幼い子息達が舞を演じている。

しばらく逸勢は空海と並んで子供達の舞を見ていたが、やがて冬嗣が手を挙げると、管弦が止み、子供達は舞を終えた。

「では始めてもらおうか」

冬嗣が厳《おごそ》かに言うと、空海は頷きもせずに目を瞑り、池に向かって手を合わせた。

——真言一乗金剛一乗極無自性住心秘密荘厳住心……。

空海は一心に真言を唱え始めた。

空海の周りでは、藤原冬嗣、橘逸勢、公卿、子供達などが固唾《かたず》を呑《の》んで空海を見守っている。

灼熱《しやくねつ》の日差しの中、低く力強い空海の読経の声だけが響いている。

だが、雨が降る気配は一向に見えない。池の畔は蒸し暑く、汗がダラダラと流れ落ちる。

逸勢は真言を唱える空海を、ヤキモキしながら眺めていた。

(空海、本当に雨は降るのか)

もしも降らなかったら……。

逸勢の心の中に、暗雲が立ちこめた。空海に請雨の法を命じたのは帝である。神野帝は美しい顔《かんばせ》をしているが、裏腹に冷たい処置を家来たちに施すことも知っていた。

心の中が暗くなる。そう感じたとき、逸勢は「おや」と思って空を見上げた。灰色の雲がどこからともなく現れている。それが強い陽の光を遮《さえぎ》っているのだ。

(これは……)

心の中が暗くなったと思っていたが、どうやら本当に辺りが薄暗くなっていたらしい。

周りの者たちも頻《しき》りに空を見上げている。

——時薄伽梵一切如来大乗現証三摩耶一切曼荼羅。

空海は相変わらず真言を唱え続けている。

雲は徐々に厚くなり、また空一面を覆うようになった。その色も灰色から、黒く変わってゆく。

池からヒンヤリとした風が吹いてくる。

「これは来るぞ」

冬嗣が独《ひと》りごちた。

ゾクリ、とした。逸勢は真言を唱える空海の後ろ姿を見ながら冷気を感じた。

頬に何かが当たった。冷たい粒。水滴のようだ。

逸勢は再び空を見上げる。その顔に、また水滴が当たった。

雨だ。

逸勢の顔が喜びに震えた。

「雨だ」

逸勢は思わず呟《つぶや》いていた。その声に誘われたのか、方々で「雨だ」という声が上がる。

雨は次第に強く降った。

——一切義成就金剛手菩薩訶薩為欲重顕明此義故。

空海はまだ読経を続けている。その空海に、雨が降りそそいでいた。

二

笛の音《ね》が聞こえる。

庭先で直衣《のうし》姿の藤原冬嗣《ふゆつぐ》が吹いているのだ。

その音色はよく澄《す》んで、青い空に吸いこまれてゆく。

「兄上様」

妹の梨佳《りか》が声をかける。

蔵人を束ねる役職にあり、その絶大な権勢をふるう冬嗣だが、ただ一つの弱みが、今年二十六になる妹の梨佳だった。

梨佳はさる公家《くげ》の元に嫁《とつ》いだのだが、運悪く夫と死別した。夫を亡くした妹を冬嗣は不憫《ふびん》に思い、それ以来、冬嗣は梨佳を自分の屋敷に住まわせている。

鮮やかな緋色《ひいろ》の小袖《こそで》を着た梨佳はたいそう美しかった。

冬嗣自身が雅《みやび》な顔《かんばせ》をしていたが、梨佳は雅さに華やかさも兼ね備えた、それははっきりとした目鼻立ちをした女だった。

冬嗣は笛を口から離した。

「雨が降ってようございました」

梨佳が言った。

「うむ」

空海が請雨の法を行うとすぐに雨が降り出し、貯水池や川、田畑を潤《うるお》した。請雨の法に空海を推挙した冬嗣の面目《めんぼく》も立った。

「帝もお喜びでしょう」

たしかに空海が請雨の法を行い、雨が降ってから、帝はたいそう機嫌がよい。

「梨佳」

「はい」

「帝は機嫌がよいが、上皇様のご様子はどうだ」

平城上皇《へいぜい》は、神野帝《かみの》の兄である。

「いつもと変わらず、恙無《つつがな》くお過ごしのご様子」

冬嗣は幽かな笑《え》みを絶やさずに頷いた。梨佳は平城上皇の女官の一人である。

「薬子《くすこ》殿にご執心だと聞いているが」

「それは……」

梨佳は言葉を濁《にご》した。上皇と薬子が深い仲になっていることは、平城邸では知らぬ者のいない事となっている。

冬嗣は薬子のことを、幼い頃からよく知っていた。薬子の兄の仲成《なかなり》とはよく野山を駆け回り遊んだものだ。年下の冬嗣は、仲成を兄のように慕ってついて回った。

「遠慮するでない。上皇様と薬子殿のことは、宮中では誰もが知っていよう」

梨佳は頷いた。

「いや、ただ一人、知らぬ者がいたか」

冬嗣の言葉を聞いて、梨佳は溜息を漏らした。上皇と薬子の仲を知らぬのは、亭主の縄主《ただぬし》だけかもしれぬ。

「薬子殿もどういうおつもりなのか」

「お話はその事ですか」

「うむ」

冬嗣は口を閉じた。

「仰《おっしゃ》ってくださいまし。わたくしも上皇様の女官。上皇様に関わることであれば、なるべく知っておきたく思います」

冬嗣は梨佳の生真面目《きまじめ》な心根を、頰笑《ほほえ》ましく、また、少々疎《うと》ましくも思った。

「実は、帝が縄主殿のお躰を心遣っていらっしゃる」

「縄主殿の……」

「それで、縄主殿のことをお尋ねするために、薬子殿を呼ぶように言われている」

梨佳は言葉を返さずに、何事かを考えている。聡明な梨佳のことだから、帝のお心を察したのだろうと冬嗣は思った。

「さて、そのことを告《つ》げたら、上皇はどのようにお思いになられるか」

平城上皇の愛人である薬子を、平城の弟である帝が所望《しょもう》している……。

梨佳はなおも返事をしない。思ったよりも大事《おおごと》なのではないかという、よくない胸騒ぎを覚えているようだ。


「どうだ。お前が上皇様のお心をそれとのう探《さぐ》ってはくれぬか」

「わたくしがですか」

「勿論《もちろん》、薬子様をお呼びするのは私の役目だ。また、そのことを上皇様にお伝えするのも私がしなくてはならないだろう。だが、その後だ。その後の上皇様のご様子を、兄に伝えてほしい」

梨佳は黙ったまま頭を下げた。軽々しく引き受けるには、あまりにも大きな役目に思えた。だが、帝の側近で、しかも実の兄の申しつけを、断ることなどできない。その気持ちが、無言の礼になったようだ。

「私はな、梨佳」

「はい」

「何かよくない事が起きるような気がしてならないのだ」

そう言うと冬嗣は、部屋を出ていった。

＊

顎《あご》の下に髭《ひげ》を蓄《たくわ》えた藤原仲成が、部屋で酒を飲んでいると、障子《しょうじ》の向こうから声がした。

「兄上」

薬子である。

薬子は兄、仲成の返事も聞かずに障子《しょうじ》を開けた。

「おう。薬子。丁度《ちょうど》よい。酌《しゃく》をいたせ」

仲成は顔立ちもよく、髭がよく似合う。躰も押し出しが利《き》く立派なものだ。だが……。

薬子は障子を閉めると、つつと進み出て、仲成が持つ器を取りあげた。

「何をする」

「兄上」

薬子の口調はきつくなる。

「昼間からお酒ばかり飲んで」

「悪いか」

「いい事とは思えませぬ」

「お前の指図《さしず》は受けない」

「いま」

薬子は仲成に躰を寄せた。

「平城上皇様が苦しんでおられます」

「はて。あの上皇様が苦しむとは考えられぬが」

平城上皇は気の強さで知られている。

「上皇様はすでに皇位を降りておられます」

「それも自《みずか》ら望んだこと。思惑《おもわく》があっての事だろう。事は上皇様の思惑の通りに進んでいるのではないか」

「ところがそうではないのです」

薬子は声を潜《ひそ》めた。

「このところの帝のなさりよう、兄上はいかが思われます」

「ふむ」

仲成は考えこんだ。

「徐々に発言権を増そうと、いろいろ画策なさっているようです」

「これ」

「ここには我ら兄妹しかおりませぬ」

仲成は、薬子の剛胆とも思われる心根に驚いた。

「しかし」

「遠慮は要《い》りませぬ。兄上の偽《いつわ》らざるお気持ちを知りたいのです」

「知らぬ」

仲成は顔を背《そむ》けた。

「俺は政になど興味はない」

「毎日、お酒を召し上がるだけで日が暮れていくのが兄上の本意だとはとても思えませぬ」

「薬子」

「兄上は冬嗣様のご出世が面白くないのではないですか」

「なに」

「兄上は父上、中納言種継《たねつぐ》の長子です。本来ならば冬嗣様の上に立っていてもおかしくはない血筋」

「言うな」

仲成は語気を強めた。

子供の頃は冬嗣とよく遊んだ。年上だったせいもあり、遊びも漢籍の習いも仲成の方が冬嗣よりもよくできた。

「それが今は、冬嗣様が権勢を誇っておられる。だから兄上はそれが面白くなくて、毎日、お酒を召し上がっているのではないですか」

「いくら妹でも無礼《ぶれい》だぞ」

仲成の声は震《ふる》えている。

「平城上皇に兄上のことをお話ししてみます」

「お前がか」

薬子は頷いた。

「それは……」

薬子は夫のある身ながら、平城上皇と関係を結んでいる。それは平城が安殿《あて》と呼ばれた皇太子の頃からの関係なのだ。その乱れた関係を時の帝である桓武《かんむ》が嫌い、薬子は一旦《いったん》は東宮から遠ざけられた。だが、桓武帝の後に安殿が跡を継ぎ、平城帝となると、平城と薬子はまたよりを戻した。

未だに薬子は平城に、様々な事を直言できる。

「兄上は我が藤原式家の重鎮。平城上皇の世が続くことに腐心《ふしん》なされた、力のあるお人です。上皇の下で位を得、数々の普請《ふしん》を任されました」

「言うな。それはもう昔のこと。もう俺は政には気が動かぬと言っただろう」

「お酒をおやめください」

薬子は仲成の言葉に答えずに、自分の言いたいことを言った。

「兄上のお酒は、ご自分の今の立場が冬嗣殿に比べて恵まれていないことから来るものでしょう」

薬子は決めつけた。

「平城上皇はまだまだ力のあるお方。この国は未だに平城上皇のものなのです」

薬子は強い目を仲成に向けた。

「だからその上皇にお目をかけてもらえれば」

「いったいこの俺にどんな仕事ができるというのだ」

「冬嗣殿ができることなら、なんでも」

仲成は薬子の眼を、半《なか》ば怯えながら見ていた。

＊

部屋の中には、幽かな香《こう》の匂いが立ちこめていた。

薬子が調合した香である。

紫檀《したん》の小さな香炉から立ちのぼる香りはどことなく雅を感じさせる上品な匂いで、平城は気に入っていた。

「竜脳《りゅうのう》です」

薬子が言った。竜脳は竜脳木から採《と》れる白い結晶で、珍しい材である。

「安殿《あて》様」

薬子は平城上皇を昔の名で呼んだ。

平城はその呼び名を、どこか面《おも》はゆい気持ちで聞いた。

「新しい拠点が必要ではございませぬか」

「新しい拠点だと」

「はい」

「どういう事だ」

「この平安京を離れるのです」

「それは何故《なぜ》だ」

「まず安殿様のお躰のことを思って」

「うむ」

「都にいては何かと騒がしく存じます」

「それはお前の本心ではなかろう」

平城の言葉に、薬子は言葉を止めた。

「余は健《すこ》やかさを取り戻しておる。都にいようが田舎《いなか》にいようがかまわぬ」

「恐れ入ります」

「お前の本心を申してみよ」

「はい」

薬子は頭を下げた。

しばらく言い淀んだが、やがて決心したように頭を上げて言った。

「帝の側《そば》を離れることが肝要かと存じます」

「なに」

さすがの平城も薬子のこの言葉には愕《おどろ》いた。帝の側を離れなければならぬ訳などある筈がない。

「帝のなさりようをよく見極めるためでございます」

「なんだと」

「同じ都にいては、見えにくくなるものもございます」

平城は薬子をじっと見つめた。

（何を考えているのだ、薬子は）

薬子は何事もなかったかのような顔をして澄ましている。

「余が都を離れるということは、都が二つできることにも通じるぞ」

薬子は返事をしない。それは平城の言葉を、否《いな》んではいないという事にもなる。

平城は目を細めた。

「そういう事か」

上皇が都を離れ、新しい居を構《かま》えるとなると、その地が新しい都として人々の噂に上る事も考えられる。いや、薬子はむしろそれを望んでいる。

「そこから新たな命《めい》を発しろというのか」

「民草《たみくさ》もそれを望んでおりましょう」


平城は考えを巡らせた。平城が口を噤んでいると、耐えきれなくなったかのように薬子が口を開いた。

「安殿様は皇位を神野様にお譲りになりましたが、実はまだ本当の帝は安殿様の筈です」

「うむ」

平城は我が子を皇太子の位につけさせるために、敢《あ》えて若いうちに譲位を行った。たしかにまだまだ政を降りるつもりはなかった。だが、皇位をあれほど拒んでいた神野が、皇位を継いで嵯峨《さが》天皇となった途端《とたん》に、牙《きば》を剝いた。

平城の意向を無視して、自分なりの政を行い始めたのだ。これはこのまま放っておく訳にもいかぬ。

「だが、新しい宮を造るとなると、誰にやらせたらよいか。冬嗣や巨勢《こせの》は神野帝が手放すまい」

「仲成にお任せ下さい」

「なに、お前の兄に」

「必ずや、意に添う新宮を造りあげて見せましょう」

「しかし仲成は、このところさしたる仕事もしていないではないか」

「それは帝が神野様になって、気持ちの張りを失ったため。安殿様の為となれば、また格段の働きをいたしましょう」

「ふむ」

平城は薬子の目を見つめた。薬子は顔を上げ、まっすぐに平城の目を見つめ返してくる。

「判った。仲成に任せよう」

「有り難うございます」

薬子は深々と頭を下げた。

*

不安な気持ちを抱えたまま薬子は内裏に赴《おもむ》いた。

仁寿殿《じじゅうでん》の昼御座に通され、畏《かしこ》まって待っていると女官たちを従えた神野帝が姿を見せた。薬子は平伏する。

平城上皇との目合《まぐわ》いを終え、自宅に帰ったところを藤原冬嗣に呼ばれ、神野帝の元に参じたのだ。すでに日はとっぷりと暮れている。

「面《おもて》を上げろ」

神野帝に言われて薬子は顔を上げた。神野帝の目をじっと見つめる。

(神々しい)

薬子は神野帝の顔を見てそう感じた。だが神野帝の笑みに、どこか腹立たしい思いも感じる。

(すべてを悟ったような笑みが憎らしい)

そう思う。あらゆるものを超越したかのような神野帝よりも、荒々しくはあるが、どこか人らしさを感じさせる平城上皇の方が好《この》ましい。

「このところ縄主の様子はどうか」

神野帝が声をかけてくる。

「お声をかけていただき、恐縮に存じます。お陰様で、病も得ず、お役目を務めさせていただいております」

「そうか。それはお主《ぬし》の力が大きいのだろうな」

「とんでもございませぬ」

「お前の調合した薬のせいで、縄主も健やかさを保《たも》てるのであろう」

薬子は様々な薬を調合する術に長《た》けており、宮中でも頼りにされていた。

「恐れ入ります」

「時に、上皇が新宮を建てるという噂を聞いたが、誠《まこと》か」

薬子は気を引き締めた。

(誰から聞いたのだろう)

思いを巡らせる。

「さあ、そのような事は」

「知らぬ訳がないだろう。お前と上皇の仲だ」

薬子は答えなかった。答える気にもならなかった。

「上皇は困ったお人だ」

神野帝が嘆息を漏らした。

「平安京という立派な都がありながら、なぜ出て行こうとなさるのか」

神野帝は薬子の顔を覗きこむように見つめてくる。その顔には相変わらず笑みが浮かんでいる。

「この都が、少し窮屈《きゅうくつ》に感ぜられたのかもしれませぬ」

「なに」

神野帝の顔から、一瞬、笑みが消えた。

「上皇様はまだ歳もお若くていらっしゃいます。そこに同じように若い帝がおわせば」

「控《ひか》えろ」

神野帝は珍しく険しい顔になり、薬子を睨んだ。

「なるほど」

神野帝が薬子を睨んだまま言う。

「お前の顔は美しい。肌も滑《なめ》らかだ。躰から色気が匂い立つようだ。これでは上皇が夢中になるのも無理はない」

神野帝の言葉に、怒りがこみ上げた。いくら帝とはいえ、仮にも薬子は人の妻だ。それを本人を目の前にして品定《しなさだ》めをするかのような言葉は、許せない。

「賞味しよう。伽《とぎ》をいたせ」

神野帝が立ち上がった。背後の襖《ふすま》が開く。夜御殿に布団が伸べられている。

薬子の顔が強《こわ》ばった。

「帝。わたしは藤原縄主の妻です」

「知っている」

すでに神野帝は着物を脱ぎ始めている。

「伽などできませせぬ」

「控えろと言っておるのだ。お前は命ぜられたことをすればよい」

躰が幽かに震えた。だが、帝に逆らうことなどできる筈もない。

「さあ、早くしろ」

薬子は立ち上がると、震える手で着物を脱ぎ始めた。すでに神野帝は着物を脱ぎ終え、布団の上で待っている。

薬子はやがて全裸《はだか》になった。

「来い」

無言で神野帝の待つ布団の中に躰を滑りこませる。その裸身は怒りのためか震えている。

「あ」

いきなり神野帝が覆い被さってくる。胸を掴《つか》まれ、口を吸われる。

薬子は声にならない声をあげた。反射的に神野を押しのけようとするが、それもできぬ事に気づき、総《すべ》てを受け入れていく。

神野帝は執拗に愛撫を続けた。薬子の口を吸いながら、胸を揉みしだいていく。

薬子は悔《くや》しさに悶《もだ》えた。

神野帝に躰を玩《もてあそ》ばれながら、平城の顔を思い浮かべる。

（きっと安殿様の手に総ての力を取り戻してみせる）

そう思った。

やがて薬子の躰が充分に潤《うるお》うと、神野帝はゆっくりと挿し貫《つらぬ》いた。

「ああ……」

声を漏らした。

「どうだ、心地《ここち》よいであろう」

薬子は必死で何ものかに抗《あらが》っている。

「どうだ。縄主や上皇に比べて。やはり若い方がいいだろう」

神野帝は若い猛りを持って薬子を挿し貫く。だが薬子は決して神野帝の言葉に頷かなかった。

何度も何度も挿し貫かれ、事が終わったときには、薬子はぐったりとして、起きあがるのも億劫《おっくう》になっていた。

＊

猛威を振るった夏の暑さがいつの間にか影をひそめ、京の人々はすでに秋の気配《けはい》を楽しんでいる。

内裏でも今宵、観月宴が催された。

詩歌《しいか》管弦の宴《うたげ》を開き、月を愛《め》でようという催しである。特に藤原冬嗣の笛は集《つど》うた人々の心に染みた。

宴が終わり人々が帰ると、神野帝はそのまま嘉智《かち》子《こ》夫人を寝所に呼んだ。

神野帝は華奢《きゃしゃ》な躰つきをしているが、その身は見事に引き締《し》まっていた。その躰で嘉智子夫人を貫いた。

嘉智子は身を仰《の》け反《ぞ》らせた。

神野帝夫人である嘉智子は、橘 逸勢《たちばなのはやなり》の従姉妹《いとこ》でもある。逸勢とは似ても似つかぬ落ち着いた女性であった。

背が高く、豊かな肉体を持っているが、その豊かな肉体が、華奢に見える神野帝によって翻弄《ほんろう》されていた。

嘉智子夫人は小さな喘《あえ》ぎ声を漏らしていたが、やがて長く尾を引く声をあげると、躰から力が抜けた。

神野帝が躰を離しても、嘉智子夫人の躰は小刻みに震えていた。

「仏を、見ました」

やがて落ち着きを取り戻した嘉智子夫人が神野帝に言った。

「仏……」

「はい」

嘉智子夫人は全裸《はだか》で仰向けになったまま話している。その張りのある胸は、幽かに上下している。

神野帝は傍《かたわ》らに坐っている。

「仏を見させていただきまして、ありがとうございます」

嘉智子夫人は躰を起こし、神野帝に頭を下げた。

「帝は必ずや、この国にも仏を見させることでしょう」

「この国にか」

「はい」

「仏に導くには高僧の力がいるだろう」

「力のある高僧をお選びください」

「お前に当てがあるのか」

「はい」

「申してみよ」

「恐れながら、真言密教を唱える空海が、当代随一の僧かと思われます」

「ふむ」

神野帝は考えこんだ。

「空海の学識、見識は群を抜いています。これからのこの国に、必ずや必要な人材。なにとぞ厚く登用されますように」

「しかし、どう考えても最澄《さいちょう》の方が格が上だと思われるが」

神野帝は顔に頬笑みを湛《たた》えながら問い返す。

「たしかに最澄は申し分のない高僧。しかしこれからの世は、天台宗ではなく真言密教でなくてはたちゆきませぬ」

嘉智子夫人は強い眼差《まなざ》しで神野を見つめた。

「お前は逸勢から空海のことを吹きこまれているのだろう」

「それは……」

嘉智子夫人は言葉に詰まった。

「もちろん逸勢から空海の力のことは聞いております。しかしわたくし自身も空海には会ったことがあります」

「どのような男だ」

「計り知れぬ知力の持ち主です」

「ほう」

神野帝の目が、一瞬、細くなった。

「最澄に比べ、立ち居振る舞いは粗野《そや》に見えますが、なかなかどうして、その知力は最澄をも凌《しの》いでいるかと思われます」

「大した入れこみようだな」

「この国の事を考えてのことでございます」

「しかし最澄に任せておけば充分ではないか」

「蝦夷《えみし》、海賊と、この国は常に脅威にさらされています。新しい力が要るのです」

今日の嘉智子はなかなか引かない。

「たしかに空海の請雨の法は見事であった」

嘉智子は頭を下げる。

「しかし怪《あや》しの術を使う者はほかにもいる」

「秘術を使う者が空海の他にもいると仰《おお》せですか」

「そうだ」

「それはどなたでございますか」

「藤原薬子だ」

「薬子……」

ただの尚 侍《ないしのかみ》である。

「それは」

「不服《ふふく》か」

「薬子は女官を統《す》べるに過ぎませぬ。国のことを思う空海とは比ぶべくもないかと」

「ならば空海と薬子とで、秘術比べをしてみたらどうか」

「秘術比べ……」

「そうだ。なかなか面白い趣向だろう」

「それは……」

空海と薬子とを対決させる。

嘉智子は頷いた。

「面白《おもしろ》くなってきたな。空海と薬子。はたしてどちらの秘術が勝《まさ》るのか」

そう言うと神野帝は、また嘉智子に覆い被さっていった。

＊

今日も薬子は、平城上皇の閨《ねや》の中にいた。

(ここがいちばん休まる)

薬子は平城上皇の裸の胸に顔を埋める。

「時に」

平城上皇が躰を起こした。

「お前は空海と幻術比べをするそうだな」

薬子も顔を上げる。

「どなたからお聞きになりました」

「みんな噂しておるわ」

薬子は衣服を身につける。

「帝の命なのです」

「我《わ》が儘《まま》な」

平城は吐き捨てるように言った。我が愛人の薬子を、勝手に使いおって。その思いがあるのかもしれない。

「勝てるのか、空海に」

「はい」

薬子は平然と答えた。

「空海は請雨の法を成し遂げたばかりだ。日に日にその名声も高まっている」

「はい。しかしわたくしも、秘術を心得ております」

「それは知っているがどのような幻術を披露するつもりだ」

「はい。大日如来像を、人々の見ている前で、一瞬のうちに消そうと思っています」

「大日如来像を……」

薬子は頷いた。

「できるのか」

薬子は答える代わりに妖艶《ようえん》な笑みを浮かべた。

「なるほど。大日如来像は空海の分身とも言えるものだ。それを消し去ることができたら、面白いかもしれぬな」

平城は、薬子の笑みを引きこまれるように見つめた。

＊

藤原仲成は、久し振りに、心の高ぶりを感じていた。

薬子の屋敷を訪ねると、薬子が薬草を煎じていた。

「昨日は眠れなかった」

「そのような事だと思い、よく眠れるお薬を煎じておきました」

器を熱していた火を止める。

「山梔子《くちなし》の実に、唐から取り寄せた少しの薄荷《はっか》を混ぜて煎じたものです。これを飲めばぐっすりと眠れます。お帰りにでもまた取りに来てください」

「ありがたい」

仲成が額《ひたい》に汗を浮かべながら言う。

「シャキッとなさいませ」

薬子は仲成の襟《えり》の部分を強く締め直した。

「これからはお酒はお控え遊ばされませ」

「判っている」

薬子の言葉を、仲成は心地よく聞いている。

政には全く興味を失っていた筈の仲成だったが、平城上皇から新宮の造宮長官に任命されて、にわかに昔の気持ちが蘇《よみがえ》ってきた。まだ出世を望んでいた若い頃の気持ちが。

「新宮は平城《へいじょう》旧都になさいませ」

「判った」

「天下は再び上皇様のものになります。いえ、そうしなければならないのです」

「うむ」

「では、行ってらっしゃいまし」

薬子は畳に額をつけて、兄、仲成を送り出した。


仲成は平城上皇に対面して、心の臓が激しく波打つのを感じていた。

意気揚々《いきようよう》と出向いてきた仲成だったが、久し振りに対面する上皇は、御簾の向こうから人々を威圧する気を発していた。

「この度は、私のような者に大役を仰せつかり、誠に有り難うございます」

「余はお前を信頼している」

「恐れ入ります。任命された以上は、精一杯お役目を務めさせていただき、必ずや上皇様のお気に召す新宮を造営してご覧に入れます」

「期待しているぞ」

「は」

仲成は平伏した。

「して、新宮はどの地に建てるつもりだ」

「はい。平城旧都がよろしかろうと存じます」

「ふむ。それは何故だ」

「は。平城京は、元明帝《げんめいてい》、聖武帝《しょうむてい》と、お二人の帝が都として定めた地。上皇様が居を構えるのに申し分のない地かと存じます」

「よかろう。新宮は平城とせい」

「ありがとうございます」

「立派な宮を建ててくれ」

仲成が平伏すと、襖が閉められた。

*

空海と薬子の、幻術比べの日がやってきた。

場所は、平安京大内裏内の中庭、宴《えん》の松原《まつばら》に於《お》いてである。

三方を木々に囲まれた池の畔。そこで幻術比べは行われる。すでに大勢の公卿、女官たちが庭先に集まっていた。帝のための席は宜秋《ぎしゅう》門《もん》の前に設えられている。

「大丈夫か、空海」

橘逸勢が心配そうに空海に問いかけた。

「ああ」

空海は欠伸《あくび》を嚙《か》み殺したような顔で答える。公《おおやけ》の行事の日だというのに、相変わらず薄汚れた格好をしている。

「帝の気まぐれから始まった事とはいえ、負けたらお前の立場はなくなるぞ」

名を高めつつある高僧が、尚侍に負けたとあっては、その地位は一瞬にして瓦解《がかい》するかもしれないのだ。

「まあ、なんとかなるだろう」

「薬子殿をみくびらない方が良いぞ。薬子殿の元には人が集まり始めている。女官たちはおろか、公卿たちまで薬子殿に吸い寄せられているのだ。何かを持っているに違いない」

「俺だって持っているさ」

空海が言うと、逸勢は一瞬、驚いたような顔を見せたが、すぐに気を取り直したように言った。

「そうだったな」

空海の勝利を疑ったことを後悔した。自分は空海の異能を、いちばんよく知っているではないか。

人々のざわめきが大きくなった。藤原薬子がやってきたのだ。


(美しい人だ)

逸勢は薬子を見てそう思った。大勢の女官たちを従えて、ゆっくりと歩いてくる。朱色の唐衣《からぎぬ》から幽かに覗く首筋はねっとりと白く、その姿は神々しくさえあった。

(これでは人々が吸い寄せられるのも無理はない)

一体この薬子が、どんな幻術を見せるのか。

人々のざわめきが止まった。

帝がやってきたらしい。だが一段高くなった帝の席は、御簾がかかっていることもあり、窺《うかが》い知ることはできない。

藤原冬嗣が空海の側にやってきた。

「空海殿。始められよ」

空海は頷いた。

逸勢が固唾を呑んで見守る中、空海の弟子たちが幻術の用意をする。

なにやら釜《かま》のような物を運びこんでいる。

「護摩焚きか」

逸勢は空海に言ったが、空海はすでに精神《こころ》を集中しているせいか返事をしない。

(護摩焚きなら心配要らぬか)

逸勢は安堵した。護摩焚きは密教の奥義である。真言を唱え、その力だけで火を燃やす。成功したら人々は感嘆の声を洩らすだろう。

「護摩焚きだな」

廊下から冬嗣が声をかける。

「いえ、これから粥《かゆ》を作ります」

「なに」

冬嗣が驚いている。逸勢も、耳を疑った。護摩ではなく、粥を炊くとは。なんとも人を食った幻術だ。だが空海は人を食った所作《しよさ》を好むのだ。それは逸勢がよく知っている。

(しかし粥を炊くことが幻術になるのか)

逸勢は訝った。


「これをご覧ください」

空海が帝の席に向かって釜を見せている。帝は御簾を通して見ているようだ。

「中は空《から》です」

帝に見せた後、空海は釜の中身を、庭に集まった者どもにも見せている。たしかに釜の中身は何も入っていない。

一通り見せ終わると、空海は釜の中に米と水を入れた。

蓋《ふた》をすると真言を唱え始める。

——能作一切如来一切印平等種種事業。

しばらく真言を唱えると、気合いを入れ真言を止めた。

「ご覧ください」

蓋を取ると、釜の中には湯気を立てた粥ができている。

「これは……」

あっという間の出来事だった。釜を火にかけてはいない。火は一切使っていないのだ。それなのに米と水が、わずかの間に粥になった。

「見事だ」

逸勢は思わず呟いていた。

（火を使わずに釜一杯の粥を作るとは。これは護摩焚きより難しいぞ）

逸勢は空海の秘術に感心した。

秘術を終えた空海に声をかける。

「すごい術だな」

空海は鼻で笑った。

「これなら薬子にも勝てよう」

そう思って薬子を見ると、薬子は顔を下に向けている。

（恐れをなしたか）

だがよく見ると、笑いを堪《こら》えているようにも見える。

（はて）

逸勢には薬子の思いが判らなかった。

「では次に藤原薬子殿」

冬嗣が薬子に声をかける。

「はい」

薬子は返事をすると、中庭の中央に進み出た。

恭《うやうや》しく帝の席に向かって頭を下げる。

「では始めましょう」

薬子が言うと、準備を受け持つ者どもが、大きな箱のような物を庭先に運びこんだ。

「何を始める気だ、薬子殿は」

その箱は板を組合わせて造られた、一つの部屋ほどもある大きな物だった。箱というよりも、小屋と言った方がいいかもしれない。

帝に向いた一面には屏風《びょうぶ》のような仕切がついてい

る。

　箱が帝の席の前に置かれると、屏風が開け放たれ、箱の中身が露わになった。

「あ」

　逸勢は思わず声をあげた。箱の中には、いくつかの仏像が安置されていたのだ。

　人の倍ほどもある高い、大きな仏像だ。それが箱一列に、五体ほど置かれている。

（しかも中央のひときわ大きな仏像は、大日如来ではないか）

　大日如来は、しばしば空海の分身とも言われていた。

「曼荼羅《まんだら》か」

　空海が呟く。

「曼荼羅……」

「悟りの境地を形で表した物だ」

「あの仏が悟りを表しているのか」

「そうだ。悟り、すなわち真理が存在する以上は、それは必ず形を取って表されなければならない。それはこの宇宙の真の姿でもあり、また人の心の姿でもある」

「よく判らないぞ」

「仏たちの集う聖なる空間。それが曼荼羅だ」

　たしかに薬子が用意した小屋の中には、大日如来を中心に、仏たちが集まっている。

「この宇宙は回っているのだ。始まりだと思ったところが終わりでもある。終わりだと思ったところが始まりでもある。万物《ばんぶつ》は流転《るてん》する。万物は回っている。宇宙は一人の思いであり、一人は全宇宙でもある」

　それを表した物が曼荼羅……。

「曼荼羅は大日如来を中心にして、その周りに数々の仏を配して表されるものだ。それは絵で描いても良いし、実際に仏像を配置しても良い」

「薬子がなぜ曼荼羅を」

「判らぬ」

「わたしは何でも消すことができます」

薬子が凛《りん》とした声で言った。空海の粥炊きの余韻《よいん》でまだざわめいていた庭が、ピタリと静かになった。

「この仏たちを一瞬のうちに消し去って見せましょう」

逸勢は薬子の言ったことの意味が、初めは判らなかった。

(この仏たちを消すだと……)

まさか。薬子は何を戯《ざ》れ言《ごと》を言っているのだ。そんな事ができるわけがないではないか。たしかに空海は火を使わずに一瞬のうちに粥を炊くという秘術を見せた。不思議は存在する。だがこの仏たちはあまりにも大きすぎる。人の躰の倍はあろうかという大きさの仏が、全部で五体あるのだ。この五体を一瞬のうちに消し去るなどとは、戯れ言としか思えない。それを帝に宣言して、もしできなかったら、薬子は一体どういう事になるのか。

逸勢が薬子の心配をしているうちにも、小屋の屏風が閉じられた。

薬子が目を瞑り、なにやら祈っている。あたりには不気味な静けさだけが漂っている。

誰もが固唾を呑んで薬子と小屋を見つめている。

薬子の祈りの声が止んだ。

「開けてください」

薬子の静かな、しかし凛とした声が響いた。おつきの女官たちが屏風を開く。

「あ」

逸勢は思わず声をあげていた。小屋の中には何一つない。仏像が無くなっているのだ。

「莫迦《ばか》な」

周りからうねりのような声が上がる。人々が驚いている声である。帝の席からも、帝が身を乗り出すような気配がする。

「小屋の中を改めよ」

帝の声だ。

「は」

すぐさま冬嗣が庭に降り、小屋の中に入った。

「どこにも仏像はありません。また隠すような場所もなし」

逸勢はとつぜん走り出し、小屋の裏側に回った。小屋を造っている板を一部外し、そこから仏像を外に出したのではないかと疑ったのだ。だが小屋の裏に回り、さらに小屋の周りを一周したが、仏像の姿はどこにもなかった。

「見事だ」

帝の声がする。

「この勝負、藤原薬子の勝ちとする」

御簾の前の仕切が閉じられた。帝は内裏に帰るのだろう。

（何という事だ）

空海が、一介の尚侍である薬子に負けてしまった。しかも薬子は空海の分身とも言える大日如来像を消し去ったのだ。だが空海はさして悔しそうな顔も見せずに顎《あご》のあたりをポリポリとかいている。その姿を見ながら逸勢は、近い将来、空海が都から消えてしまうような悪い予感に震えた。

三

庭先で、今年九歳になる高岳《たかおか》親王が女官たちと遊んでいる。

それを部屋から、平城《へいぜい》上皇と薬子《くすこ》が頬笑みながら眺めていた。

高岳親王は父親の平城上皇によく似て、目鼻立ちのハッキリとした顔をしていた。また聡明で利発な親王だと評判でもあった。

薬子もそんな高岳親王に親しみを感じていた。もともと高岳親王を皇太子に推《お》したのは薬子である。

本来なら、平城が年老《としお》いて帝の位を退けば、神野《かみの》帝が跡を継ぐ。そうすればすでに平城の力は衰えているから、神野帝の王子が皇太子になることになろう。薬子はその事を予《あらかじ》め推し量《はか》り、先手を打ったのである。すなわち、平城がまだ力のあるうちに譲位を行い、自らの子である高岳を皇太子に任命すること。薬子はその策を平城に示唆《しさ》したのだ。

薬子と平城の目論見《もくろみ》通り、神野帝が即位すると同時に、平城の子が皇太子となり、高岳親王を名乗った。

「見事な幻術を披露したそうだな」

高岳親王を眺めながら、平城上皇が薬子に言った。

「お恥ずかしい」

「本当にお前は恐ろしい女だ」

「そのような仰《おつしや》りかた。悲しうございます」

薬子は本心から平城上皇のことを好《す》いていた。

自分の心とは関わりなく宛われた夫、縄主《ただぬし》のことは虫酸《むしず》が走るほど嫌いだった。顔と躰はだらしなく肥え、上を見る気概もない。その夫と、五人もの子をなしてしまった。そんな後悔と嫌悪《けんお》の日々の中、出会ったのが平城上皇だった。

平城上皇はスッキリとして力強い躰を持っていた。また顔立ちもよく、鋭い目をして、常にこの国のことを考えていた。夫とはあまりにも違いすぎる平城上皇に、薬子はすっかり魅《み》せられた。また平城上皇も、薬子の匂うような美しさに心を奪われ、二人は相思相愛の仲となった。

「案ずるな。余は強い女が好きなのだ」

薬子は答えずに平城上皇に躰を寄せた。

「よくぞあの空海に勝ったものだ」

「運が良かっただけ」

「だいたい、余は粥が嫌いなのだ。どういうわけか口に入らぬ。粥を食うくらいなら土を食べた方がましだ」

「そのようなこと」

薬子は平城上皇の言いようがおかしかったのか頰笑んだ。

(愛《いと》しいおかた)

平城上皇には身も心も惹かれていったが、平城上皇の弟の神野帝は嫌いだった。

顔立ちは兄である平城上皇よりも美しいほどだが、初めから薬子は神野を嫌っていた。特にむりやり伽《とぎ》を命ぜられてからは恨みに近い感情が芽生えている。平城上皇は男らしい、さっぱりとした気性だが、神野帝はどこかネチネチとしたものを感じさせた。また、総ての人間を、身分においても能力においても、さらには容姿においても自分よりも劣《おと》っていると決めつけている態度にも我慢《がまん》がならなかった。

（なんとしても平城上皇の子、高岳親王を次の帝にする）

それだけは譲れないと思った。

「薬子」

庭先から高岳親王に声をかけられた。

「はい」

薬子は頬笑みながら返事をする。

「薬子も庭に降りておいで。一緒に遊ぼう」

「わたしはここで結構でございます」

「厭《いや》だ。一緒に遊ぼう」

「困りました」

「遊んでやってくれぬか」

平城上皇が言った。

「高岳親王はお前が大好きなのだ」

平城上皇と高岳親王の二人から見つめられている。薬子はささやかな幸せを感じていた。

＊

薬子は再び神野帝に呼ばれた。

春花門《しゆんかもん》から内裏に入り、仁寿殿《じじゆうでん》の昼御座から夜御殿に入ろうと襖に手をかけると、部屋の中から微かに子供の泣き声のようなものが聞こえる。

薬子は訝りながら襖を開けた。

「来たか」

すぐに神野帝が声をかけてくる。部屋の中程に布団が敷《し》かれて、そこに赤子がいる。その赤子が泣き声を上げているのだ。

「これは」

「可愛《かわい》いものだろう」

神野帝の和子《わこ》である。平城上皇が譲位をして、自分の子を皇太子に指名していなかったら、当然次の帝になっていたであろう和子。

　薬子は複雑な思いで和子を眺めたが、神野帝に対しても和子に対しても恭しくお辞儀をした。

　だが、赤子の布団にしては大きすぎる。いくら神野帝の子でも、赤子用の小さな布団に寝かせれば良いものをと薬子は思った。

「今日は赤子がいる。あまり声を出すな」

　そう言うと神野帝は、服を脱ぎ、赤子のいる布団の中に入った。

　薬子はその様子を唖然《あぜん》とした面持ちで眺めた。

「伽をいたせ」

　薬子は言葉が出なかった。

「どうした。早く服を脱ぐのだ」

　和子と並んで横になりながら神野帝が言う。

「和子様が……」

「構わぬ。男と女のことなど、赤子に判るか」

「でも」

「早くせぬか」

　神野帝の顔から笑みが消える。仕方なく薬子は服を脱いだ。全裸になり神野と赤子が寝ている布団の中に躰を滑りこませる。

　すぐに神野帝が覆い被さってきた。

　薬子は身を竦《すく》める。横には赤子が寝ているのだ。

「静かに、赤子を怯えさせないように」

　そう言いながら神野帝は薬子の裸の胸を揉み、先端を口に含んだ。

　薬子は微かに声を洩らす。神野帝が首を左右に振り、声を出すなと伝える。

「お前の肌も赤子のように柔らかい」

　神野帝は薬子の耳元でそう囁《ささや》くと、徐々《じょじょ》に薬子を挿し貫いた。薬子は歯を食いしばり、声を洩らさないようにする。隣では和子がニコニコしながら薬子を見ていた。

「可愛いものだろう。余の和子だ」

神野帝が躰を一つにさせたまま囁く。

「和子の隣でお前を抱く。お前もこれで余の女だ」

薬子は答えない。意地でも答えたくないと思う。

「どうした。余は帝だ。手に入らぬ物など一つもない」

神野と一つになりながら、薬子は頭の中を空にした。

「こうしてお前のことも手に入れたのだ」

神野帝は薬子の顔を押さえ、その口を吸った。

*

諸国に轟《とどろ》いている名声とは裏腹に、温和そうな顔をしていると、薬子はいつも思っている。坂上田《さかのうえのた》村麻呂《むらまろ》のことだ。

田村麻呂は今年、五十二歳になった。征夷大将軍《せいいたいしょうぐん》の職にある。

九年前に、蝦夷《えみし》征討の殊勲《しゅくん》を挙げた。その翌年も陸奥《むつ》の国、胆沢城《いさわじょう》を造営するために下向し、蝦夷の族長、アテルイを降伏させた。

それらの働きから、田村麻呂は常に武勲の気に身を包んでいるように見られがちだ。だが、面と向かって田村麻呂に会ってみると、躰もそう大きい訳ではない。でっぷりと太っているから、小さくはないのだが、背はさほど高くない。また顔には常に笑みを浮かべている。

物腰も柔らかで、口の利き方も実に丁寧《ていねい》である。

(だけど、気を許せないお方)

薬子はそうも思っていた。

ただ人当たりがいいだけでは、やはりあれだけの武勲は挙げられないだろう。

(おそらく田村麻呂殿は、激しいお気持ちを笑顔の奥に隠していらっしゃる)

それがかえって不気味《ぶきみ》でもあった。雅やかな太刀の代わりに直刀《ちょくとう》を挿している事も、もしかしたら田村麻呂の本当の心を探る手掛かりとなっているのかもしれない。

（今日は果たしてどのような御用向きで私をお呼びになったのか）

薬子は田村麻呂の屋敷に呼ばれたのだ。

尚侍《ないしのかみ》とはいえ、一介の女官に過ぎない薬子を、征夷大将軍である田村麻呂が自邸に呼び寄せるとは、いったいどのような用があるのか。

平安京の中でも坂上田村麻呂邸は征夷大将軍らしく一際《ひときわ》大きかった。その寝殿造《しんでんづく》りの屋敷の屋根は上流貴族だけに許された檜皮葺《ひわだぶき》だが、さらにその屋根の棟《むね》に瓦《かわら》を載せている。

薬子が供《とも》の者を連れて坂上邸に赴《おもむ》くと、家の者どもが丁寧に迎えた。

家の者に案内されて田村麻呂の部屋に入る。田村麻呂は「おお」と声を挙げて畳から立ち上がった。

「来てくれたか」

薬子は頭を下げる。

「くつろいでくだされよ。堅苦しい話はしないつもりだ」

田村麻呂は笑顔を見せた。

「どうだな、このところの平城上皇様のご様子は」

「はい。恙《つつが》無くお過ごしですが」

薬子は用心深く答えた。

しばし間を置いてから、言葉を重ねる。

「上皇様のお躰の様子をお尋ねになるために、わざわざ私を呼んだ訳ではありますまい」

田村麻呂はまだ笑みを浮かべている。

「儂《わし》は平城上皇に仕えたことで、幾《いく》ばくかの武勲を挙げることができた」

「はい」

「平城上皇はそういうお方だ」

「そういうお方とは……」

「激しい気性のお方ということだ。そのお陰で儂は武勲を挙げる機会に恵まれたのだ」

薬子は頷いた。

「その通りのお方だと思います」

平城上皇の気の強さ、潔さは知り抜いている。そこに惚《ほ》れもしたのだ。

「なあ薬子殿。平城上皇が今の帝、神野様に位をお譲りになられたのも、自らの統《す》べる世を」

「坂上様」

薬子がピシャリと言った。

田村麻呂は上皇が新宮の準備をしていることを嗅ぎつけ、探りを入れに来たのだろう。

「平城上皇はお躰を痛めました」

まだ平城が帝でいた頃、病を得たことは事実だった。

「そのお躰では政《まつりごと》に差し障りが生じる。平城様はそうお考えになられたから譲位なされたのです」

「うむ」

田村麻呂の笑顔が一時、影を潜めた。だが、すぐにまた笑みが戻った。

「けっしてそれより他の訳などありませぬ」

「済まなかった」

田村麻呂は笑顔のまま謝った。

「儂の方も特に他意はないのだ。忘れてくれ」

薬子は頭を下げる。

「なに、大した用事はなかったのだ。忙しいお躰をお借りして申し訳なかった」

「そのような事は……」

「珍しい香を手に入れましたぞ。きっと薬子殿の気に入るに違いない。今、焚かせましょう」

そう言うと田村麻呂は、両手を叩いて家の者を呼んだ。

＊

京の町に北風が吹きすさび、道行く人々の頬を叩く。

すでに暦《こよみ》は十二月に入っている。この頃、平城《へいじょう》旧都に、平城《へいぜい》上皇の新宮が完成した。新宮は仙洞御《せんとうご》所《しょ》と呼ばれた。

平城はまだ都から移り住んではいないが、上皇が都を離れる事は、公卿たちにとってはあまりいいことではない。都と新宮とを行き来する手間が増えるからである。

平城は、旧平城京に移り住んでからも、頻繁に公卿たちに命を発するだろう。この国の執権は自分が握っている。そのことを帝に思い知らせるように。

そのたびに公卿たちは、都と新宮を往復しなければならない。

だが……。

そんな煩《わずら》わしさも、月日が経《た》つに連れていつしか慣れていくのかもしれない。

平城上皇に引き立てられ、すっかり執務の勘を取り戻した薬子の兄、藤原仲成《なかなり》が、今日も平城上皇を訪ねていた。

「上皇様にはご機嫌麗しゅう」

「うむ」

平城は満足げに頷いた。

「お前もすっかり参議の位が板についてきたな」

「恐れ入ります。これもみな上皇様のお引き立てのお陰」

「薬子が、お前ならきっと執務を立派にこなせると推したのでな」

「は」

「だが、新宮ができあがってから、帝の横暴が一層、強くなった事もまた否めぬ」

平城は強い目で仲成を睨んだ。仲成は慌てて頭を下げる。

「昨年の九月に中納言に昇らせたばかりの園人《そのひと》を、今年の二月にはもう大納言に起用している」

「台閣《たいかく》を盤石《ばんじやく》にするための布石《ふせき》でございましょう」

仲成は頭を上げた。

「うむ」

「帝も恐れているのです。平城上皇のお力を」

「判っている。だが許せぬのは、巨勢野足《こせののたり》と藤原冬《ふゆ》嗣《つぐ》を蔵人頭《くろうどがしら》に任命したことだ」

「は。しかしその二人は、今までも蔵人を束ねるお役目にありましたが」

「もちろんそうだ。だが此度《このたび》に改めて創られた蔵人頭という職務は、今までの、単なる蔵人を束ねるだけの役目とはちがうのだ」

仲成は平城上皇の言葉の真意が判らず返事をせずにいる。

「判らぬか」

「は」

仲成はなおも頭を下げたままだ。

「改めて創られた蔵人頭は、もはや太政官《だじようかん》、あるいはその他の省の命を聞かなくともよい。帝から直《じか》に下《くだ》された命だけ聞いていればよいのだ」

「と仰いますと」

「もともと蔵人たちは、極めて重い務めの者たち」

帝に仕え、執務を録《ろく》し、その文書を作る。その間には当然、機密に触れることもあり得る。また、宣《せん》旨《じ》に関与して、帝と諸大官との間を奔走《ほんそう》した。いわば蔵人たちは、帝の耳目《じもく》であった。

「その蔵人たちが、帝よりほかの者の介在を一切、断ち切られたのだ。すなわち、ほかの者の働きが、その分、減ることになる」

仲成は心の中で「あ」と声をあげた。ほかの者、の中には、もちろん、自分も入っている。そして平城上皇も。

「蔵人たちの値がますます大きくなり、さらにその蔵人たちを束ねる蔵人頭の値は、計り知れぬものになろう」

仲成は唸《うな》った。帝はそこまで考えていたのか。此度の蔵人頭の職の新設は、巡り巡って平城上皇の力を減らす企みだったのだ。

「どうしたものか」

険しい顔をする平城に、仲成はただ平伏すだけだった。

*

藤原冬嗣が内裏から戻ると、梨佳《りか》が縁側で墨と染料を使い、紙に庭先の様子を写し取っていた。

「また絵を描いているのか」

「兄上様」

梨佳が振り向いた。

冬嗣は梨佳が描いていた絵を覗きこんだ。

「本当にうまいものだな」

「お恥ずかしゅうございます」

梨佳ははにかんだ。だがその絵は、まるで本物と見まがうほどに生き生きとしていた。

「上皇様のご様子はどうだ」

「はい」

梨佳は筆を止めた。

「このところあまり御気分が優れないご様子」

「そうか」

「大事ないと良いのですが」

「帝のなさりようが気に障《さわ》るのかもしれぬな」

このところ神野帝は、平城上皇を蔑《ないがし》ろにするような振る舞いが多く見られた。

「帝はお顔からは思いもしないほど御気性の激しいお方ではないかと思っています」

妹の言葉に冬嗣は頷いた。

「帝はご自分のお気持ちを強く持っているお方だ。ご自分の道を真っ直ぐにお進みなさるだろう。もし」

「もし……」

梨佳は小首《こくび》を傾《かし》げた。

「その道を阻《はば》むものがあるとすれば、やはり式家……」

式家とは、藤原四家の一つである。

大化《たいか》の改新において功を挙げ、律令制《りつりょうせい》の礎《いしずえ》を築いた藤原鎌足《かまたり》。その鎌足の子、不比等《ふひと》には四人の男子があった。

武智麻呂《むちまろ》、房前《ふささき》、宇合《うまかい》、麻呂《まろ》である。武智麻呂の別称を南家、房前の別称を北家、宇合の別称を式家、麻呂の別称を京家と言った。また、それぞれの子孫も南家、北家、式家、京家と称した。

この中で、特に北家と式家は互いに反目し合うようになった。

北家には房前の孫の園人、曾孫《ひまご》である冬嗣を始め、葛野麻呂《かどのまろ》、真夏《まなつ》などがいる。

式家には上皇と帝の母君である乙牟漏《おとむろ》や、桓武《かんむ》の夫人である旅子《たびこ》、それに縄主、そしてその妻である薬子等を輩出している。

「式家も北家に引けを取らぬお家柄」

旅子は先々帝、桓武の皇后である。桓武との間に大伴《おおとも》親王をもうけた。したがって大伴親王は、桓武と乙牟漏との間の子、平城帝（安殿《あて》）、嵯峨《さが》帝（神野）の異母弟になる。

「だが薬子もいる」

薬子は油断ならぬと冬嗣は思っていた。

薬子は帝よりも、平城上皇側の人間だ。このところの帝の振る舞いを、許せない思いで眺めているに違いない。

（何か良からぬ事を考えていなければよいが）

冬嗣は不安だった。

「薬子は幻術を使う」

空海との秘儀比べで、あの空海に勝利してしまった。

冬嗣は雨乞いの時に帝に空海を推挙し、見事に空海は雨を降らせた。だから秘儀比べでもまさか空海が負けるとは夢にも思ってはいなかったのだ。

それが……。

五体の大きな仏像を、一瞬のうちに消し去ってしまうとは。いったいいかなる秘術なのか。

「恐ろしい女よ」

冬嗣の言葉に、梨佳は黙って頷いた。

「帝のなさりようにも気がかりなことがあるのだ」

「はて」

梨佳は小首を傾げる。

「帝と上皇様とは血を分けた御兄弟。お二人は力を合わせて政を行うお立場。だがお二人とも御気性は激しい。そのことが禍《わざわい》とならなければ良いのだが」

冬嗣は顔を曇《くも》らせる。

「また神野帝は、欲しいものは何でも手に入れるお方。それがたとえ人の妻であっても」

「それは……」

「だがあまり女子の気持ちをお考えに入れぬなさりようを続けると、良くないことが起こるような気がする」

「良くないこと……」

「それが何かは判らぬが」

その時は力になってくれ。冬嗣は梨佳にそう心で念じた。

*

このところ薬子は、内裏に設けられた自分用の部屋で、庭を眺めながらぼうっと考え事をすることが多くなった。

「薬子殿」

庭から声をかけられた。

目をやると上毛野穎人《かみつけぬのかいひと》だった。

歳は二十六歳。端整な顔立ちで女子にも評判の男だが、薬子はあまりこの男を好きではなかった。この男にはどこか野望を秘めたような危ない匂いを嗅《か》ぎとっている。

「薬子殿。いかがなされました」

「いかがとは……」

「どこか心ここにあらずという風情《ふぜい》にお見受け致しましたぞ」

「そのような事は」

ない、と言おうとしたが、内心、上毛野穎人の鋭さに舌を巻いていた。

実際、薬子はこのところ、ある考えに取り憑かれているのだ。

「上皇様の事ですか」

「そうではありませぬ」

神野帝にいいように玩ばれている事。その事が心悩ますそもそもの因《もと》だった。だがそれがやがて、上皇の事にも繋がってゆく事は確かだ。

（やはり油断のならぬ男）

上毛野家は元々、上野国《こうずけのくに》を本拠とした東国の豪族である。蝦夷と境を接してしばしば戦った経緯もある。

一方、上毛野氏の同族と称する帰化人系の氏族もあり、力を伸ばしている。穎人は帰化人系の一族だった。

「あまり言いたくはなさそうですな。ならばこれ以上は訊きますまい」

薬子は穎人の顔を見つめた。ますます油断のならない面構《つらがま》えに思えてくる。

「だが気が鬱《ふさ》いだときは、薬子殿お得意の薬で気を散じたらよろしかろう」

穎人は薬子の顔を覗きこむように首を曲げた。

薬子は幼い頃から利発だった。

読み書きもよくし、また草花や虫、獣《けもの》にも興味を抱いた。

その中でも特に興味を抱いたのが草花である。幼い頃から、ただ、花の美しさに心を奪われるだけでなく、道ばたに生《は》えている見向きもされない草の葉の形や、草を潰《つぶ》すと滲《にじ》み出る液などに興味を抱いていた。

長ずるにつれ草花に対する興味が減ずるどころか、ますます募り、一人で草花の薬効などを深く調べ、考え、明らかにするようになった。

ついには薬子は、誰にも負けない薬学の大家《たいか》となった。

「お言葉ありがたくお聞きしておきます。たしかに薬を使えば、様々な事ができるもの」

そう言うと薬子は、恭しく穎人に頭を下げた。

*

季節が移ろい、枯れ枝に若く青い葉が芽吹《めぶ》くようになっても、薬子は神野帝に呼ばれ、伽を命ぜられ続けた。

今では三日に一度は神野帝のしとねに身を横たえる。

薬子は我慢がならなかった。

神野帝は風邪《かぜ》を引いたときでもかまわずに薬子を抱いた。その風邪を移されたのか薬子も熱を出す。それでも神野帝は薬子を抱くことをやめなかった。

二人は熱い躰で抱き合った。

この事は夫にも、平城にも言えないでいる。そのことを知らぬ為か、夫は頻繁《ひんぱん》に薬子の躰を求めてくるし、平城もまた容赦なく薬子を求めた。

薬子の躰は妖艶《ようえん》さを増し、それがますます男たちを刺激した。

（このままではいけない）

神野帝のしとねの中で薬子は歯嚙みすることが多くなった。

五月の終わり、坂上田村麻呂が薬子のもとを訪ねてきた。

「これは坂上様」

薬子は田村麻呂を部屋に招き入れ、頭を下げた。

「突然失礼しますよ」

相変わらず田村麻呂は穏和な笑みを浮かべている。だがその笑みを鵜《う》呑《の》みにしてはいけないと薬子は常々思っている。穏和なだけの男が蝦夷を打ち負かすことなどできないだろう。

「いかがなされました」

「また珍しい香を手に入れましたのでな。薬子殿にも一つ進ぜようとお持ちしたのだ」

「それはありがとうございます」

この頃の香は薫物《たきもの》といって、香木の粉粒や麝香《じやこう》などの動物の香も混ぜて練《ね》り合わせ固めた物だ。それを香炉で焚いて香りを楽しむ。

「乳香《にゆうこう》と言いましてな。唐の、さらに西の国の木から採ったものです」

「それは珍しい。いま火道具を持ってこさせましょう。さっそく焚いてみます」

そう言うと薬子は家の者に香の用意をさせた。乳香の練香を香炉に入れ、火を点ける。

やがて得《え》も言われぬ甘やかな香りが部屋に立ちこめた。

「どうです」

「まるで夢を見ているような妙な気持ちになります」

薬子の言葉を聞くと田村麻呂は小さな笑みを浮か

べた。

「実は香のほかに、お知らせをお持ちしました」

「お知らせとは」

「帝が観察使《かんさつし》を廃されますぞ」

薬子は目を剝いた。

「観察使を……」

観察使は、地方行政に関する監督官制である。

行政単位である国、郡の上に、さらに大きな道《どう》があるが、朝廷はその道別に少人数の任官を派遣した。それまで勘解由使《かげゆし》が処理してきた解由（任期交替時の文書）の件までを観察使が司《つかさど》ることになった。

これらはすべて平城上皇が帝の時に定めたことである。観察使は平城が創設した、いわば平城の権勢の証だった。それを神野帝が廃した……。

「何という事」

薬子の膝に置いた拳《こぶし》が、ブルブルと震える。

この事は、神野帝が平城上皇の力を削《そ》いだことを、公《おおやけ》に示すようなものではないか。

「あまりお怒りなさるな。これも時の流れ」

「しかしあまりといえばあまりななさりよう」

「私もかつて平城上皇にお仕えした身。お怒りも判りますが、この世は儚いものですな」

「政はまだ上皇が見ています」

「さよう。上皇もそのつもりで譲位をした。しかし平城上皇は、少し神野帝を見くびりすぎていたのかもしれませぬな」

田村麻呂はそう言うとニヤリと笑った。

（このままでは平城上皇はその力をすべて剝奪されてしまう）

そして薬子の躰を恣《ほしいまま》にする神野帝が、すべての権力をその手に握ることになる。

（そうはさせない）

そう覚悟を決めると、手の震えはようやく治まった。

＊

寝殿造りの屋敷で薬子は一人、低木が連《つら》なる庭を眺めていた。

（さて、どうしたら上皇様のお力を元のように強固なものにできるのか）

薬子は周りのものを自分の自由に動かしたいという欲求がことのほか強かった。

（もし自分が男子《おのこ》なら）

そう思うことがよくあった。それだけに、兄、仲成の自堕落《じだらく》な暮らしぶりが我慢ならなかったし、出世など眼中にない夫、縄主などは論外である。

薬子にとっての男とは、平城上皇ただ一人だった。

（安殿様は男らしいお方）

薬子はそう思っていた。

平城上皇が安殿親王だった頃、親王の周りには多くの女性たちが侍っていた。伊勢継子《いせのつぎこ》、阿保《あぼ》親王の生母葛井《ふじい》藤子、坂上井手子、大中臣百子《おおなかとみのももこ》、等々……。だが安殿親王はその中から薬子を選び、寵愛した。

（あの薄ら笑いを浮かべている神野帝を追い落とし、もう一度、安殿様にこの国の頂に立ってもらう盤石な体制を築かねば）

〝この国をその手に掴む〟という夢を、平城上皇に託すのだ。

＊

橘逸勢《たちばなのはやなり》が酒の入った瓢簞を手にして高雄山寺の空海の庵を訪ねたのは、日が沈みかけた頃だった。

「このところ妙な胸騒ぎがしてな」

床に胡座《あぐら》をかくなり逸勢が言った。

「何だ、胸騒ぎとは」

「それが判らぬ。だが船に乗っているときに感じる、もうすぐ嵐が来そうだという厭な前触れと似たもののようだ」

空海が酒の器を二つ用意して床に置いた。

「上皇の御所の物《もの》の怪《け》の正体もまだ判らぬ」

上皇の寵を受けた女官の顔が爛れるという騒ぎが続いた。それが物の怪の仕業《しわざ》だと女官たちは恐れた。

「その事か」

空海は二つの器に酒を満たす。

「その事なら、心当たりがないわけでもない」

「なに」

逸勢が器を口に運ぶ手を止めた。

「物の怪の正体が判ったというのか」

「うむ」

空海は酒で咽《のど》を潤す。

「何だ、教えろ」

「あれはな、水銀《みずがね》だ」

「水銀……」

黄金を生み出す錬金術や、不老不死を実現させる錬丹術《れんたんじゅつ》に欠かせぬ鉱物。

「俺は若い頃、山々を巡って修行した。その中で山の民に、水銀のことを学んだのだ」

「お前は高野山が気に入ったと言ってたことがあったな」

「高野山にも水銀は眠っている。水銀は仏像の鍍金《ときん》にも使うし、物を腐らせない働きもする。だが、水銀には毒があるのだ。大仏建立《こんりゅう》に関わった者の中にも体を壊した者が大勢いたが、あれは鍍金に使った大量の水銀のせいかもしれねえ」

「その毒が……」

「顔の爛れ具合の話を聞くと、それはどうも水銀の毒のような気がする」

「という事は、女官の顔が爛れたのは物の怪のせいではなく、誰かが毒、水銀を飲ませたからというのか」

空海は頷いた。

「いったい誰がそんなことを」

「そこまでは判らぬがな」

空海は器の酒を飲み乾す。

「だが上皇の御所には、我らには思いもしない怨念《おんねん》が渦巻いているのかもしれぬな」

そう言うと空海は、空になった器に酒を注《つ》ぎ足した。

*

平城上皇に再びこの国の頂に立ってもらう決意をしたとき、色々とやっておくべき事がある。

その一つが文室綿麻呂《ふんやのわたまろ》を手なずけておく事だ。薬子はそう感じていた。

文室綿麻呂は坂上田村麻呂の後継者とも目される武将で、田村麻呂がことのほか目をかけている。五十二歳の田村麻呂よりも七歳年下の四十五歳だ。

穏和な笑みを絶やさない田村麻呂に比べ、綿麻呂は見るからに容貌魁偉《ようぼうかいい》である。誰よりも背が高く、躰は固い肉で覆われている。またその顔も大きくエラが張り、目つきは噛みつかれるかと思うほどギラギラとしている。

（綿麻呂を手なずける事ができれば、後の事がやりやすくなる）

薬子はそう目論《もくろ》んだ。思った事はすぐに為《な》さなければ気が済まない薬子だ。綿麻呂を手なずける手管《てくだ》を心の中で探ったが、事は天下をひっくり返そうという大事である。余程《よほど》の関係にならなければ合力《ごうりき》を得られない事は明らかだった。

（これも平城上皇の手に天下を取り戻すため）

薬子は意を固めると、昼間、数種の薬を紙に包んで綿麻呂の部屋を訪れた。

「これは薬子殿」

綿麻呂は大きな声で言った。

「突然のお訪ね、ご無礼致します」

「なんの。あなたのような佳人《かじん》に訪ねてこられたら悪い気はしない」

そう言うと綿麻呂は不躾《ぶしつけ》に薬子の躰を眺め回して豪快に笑った。

（この男に抱かれるなどとは身の毛がよだつ）

だが、すでに覚悟はできている。なんとしても神野帝の手から、愛しい平城上皇に政を返してあげたい。

その思いだけが強かった。

「この薬は力が漲《みなぎ》る薬」

薬子は紙に包んだ薬を綿麻呂に差しだした。いつもは夫、縄主に飲ませている薬である。

「ほう」

綿麻呂は興味深げに紙を広げる。中には僅《わず》かな灰色の粉が入っている。

「この薬を飲めば力が漲り、蝦夷《えみし》どもを蹴散らす事ができましょう」

「それはいい」

さっそく綿麻呂は粉を口の中に入れ、水差しの水で飲み下した。

「苦いが、たしかに躰中が熱くなってきたような気がするぞ」

「それでよいのです。その薬は、男の力も滾《たぎ》らせます」

「なに、男の力とは」

「女子《おなご》を抱く力」

「それは……」

「試してご覧になりますか……」

そう言うと薬子は、綿麻呂に躰を寄せた。

＊

今日も薬子は、平城のしとねに呼ばれていた。夜は家にいなくてはならないので、平城に呼ばれるのはいつも昼間になる。

薬子は、一つの覚悟をしてやってきている。

情を交わして衣服を整えると、平城と薬子は部屋を移り、庭を眺めた。はるか先には嵐山が見えている。

「安殿様」

嵐山を見ながら薬子が切り出した。

「なんだ」

「帝のなさりよう、いかが思われます」

「うむ」

「蔵人頭の任命は、安殿様に戦いを挑まれたようなもの」

平城は答えない。答えなくとも薬子の言う通りだと知れている。

「安殿様の権限を、限りなく小さなものにしようとの考えが透けて見えます。このままでは、帝の思う通りに、安殿様のお力が削がれてしまいます」

平城は答えずに嵐山を眺めている。

「さらに安殿様が制定されました観察使の制度まで廃されるとは」

薬子も嵐山を見つめる。

「このまま手を拱《こまね》いていてはいけません。手を打たねば」

「どのような手を打てばよいと言うのだ」

平城は少し苛立たしげに問うた。

「このところ帝はお風邪を召しておられます」

「それが……」

「帝とてお風邪を召せば、お気が弱くなりましょう。安殿様が命を発するにはよい機《しお》かと存じます」

「いったい余がどのような命を発するというのだ」

「都を移せと」

「なんと」

薬子の言葉に、平城上皇は絶句した。

「都を、平安の地から、新宮に移すのです」

「莫迦《ばか》な……」

平城はやっとの事で言葉を絞り出した。

「そのような命を下せるはずもない。都を移すことができるのは、帝だけなのだ」

そう言ってから、平城上皇は恐ろしいものでも見るように薬子を見た。

「まさか……」

薬子は妖艶な笑みを浮かべている。

「たしかに都を移せなどとは、帝のほかには命ぜられるお人はいらっしゃらない。すなわちその命を発したものこそ帝なのです」

薬子の言葉に、平城上皇は唸った。

「位は神野様お一人が帝。しかし、都を移す命を発すれば、誠の帝が誰なのか、世に知らしめすことになりましょう」

「それはできぬ」

平城上皇は薬子の言葉を否《いな》んだ。

「そのような事をすれば、この国が二つに割れる」

「このままでよいのですか」

薬子は平城に詰め寄った。

「安殿様は高岳親王に皇位を継がせるため、まだ絶大なお力があるうちに皇位を退かれた筈」

平城上皇は返事をせずに薬子を睨んでいる。

「しかし思いの外《ほか》、神野様はご自分の力を伸ばしてきております。このままでは、安殿様の思惑通り、高岳親王が無事に皇位を継げるかどうか、心許《こころもと》ないと存じます」

薬子の言葉を聞いて、平城上皇は目をむいた。

「神野帝が約束を反故《ほご》にするというのか」

「帝はどのようなことでも可能なのです」

それは自分が一番よく知っていることだ。

「今をおいてほかにありませぬ。遷都《せんと》の命を下すのです」

「できぬ」

平城上皇は再び否んだ。

「それはこの国を二分することになると言っておるではないか。民草《たみくさ》のためにも徒《いたずら》に混乱を招きたくはないのだ」

「いけませぬか」

薬子は静かに問うた。

「雌雄《しゆう》を決すればよいではありませぬか」

事も無げに薬子が言う。

「儂と神野とで、袂《たもと》を分かてと言うのか」

薬子は頷いた。

「民草はどうなる」

「民草とて、真の帝が示されれば心が落ち着きます」

薬子の言葉は静かだが、揺るがぬ意志が感じられる。

「ならぬならぬ。そればかりは……」

平城上皇は声を落とした。

「いや、もしそのような命を下すことが可能なら、どんなにか溜飲《りゆういん》が下《さ》がるだろうとは思う」

「ならば」

「しかしそのような命を下せば、余か帝か、どちらかが消えることになる。この国にとって、どちらも山のように揺るがぬ存在」

「では山が消えればご決断下さいますか」

平城上皇は、意が判らぬといった風に薬子を見た。

「山が消えれば、とはどういう事だ」

「安殿様のご決断を促すためなら、山を消して見せましょうと言ったのです」

「はて。お前が何を言っているのか判らぬが」

「嵐山を消して見せましょう」

「嵐山をだと」

「はい」

「戯言《たわごと》を」

「戯言ではありませぬ」

平城上皇を見上げる薬子の目には、笑みは見えない。

平城上皇は、庭から嵐山を眺めた。

「あの嵐山のことか」

「はい」

「嵐山が消えるわけがなかろう」

「もし消えたら、ご決断をいただけますか」

「消えるとは、嵐山が跡形《あとかた》もなく消えてしまうということか」

「はい」

「どうやって」

「わたくしの幻術とでも申しておきましょう」

薬子がまっすぐに平城上皇を見つめている。

「よかろう」

平城上皇は即座に答えた。

「遷都のご決断です」

「遷都だろうが何だろうが、もしお前が嵐山を消すことができたらすぐにやってやろう。山を消す程の幻力を持っているお前がついていれば、怖いことなどないだろうからな」

平城上皇はニヤリと笑った。

「ありがとうございます」

薬子は平伏した。

「お前がどのような術を使うのか、とくと見せてもらうぞ」

そう言うと平城上皇は、部屋を出て行った。

＊

百舌鳥《もず》の鳴き声で目が覚めた。

頭があまりすっきりとはしてないから、かなり長寝をしてしまったような気がするが、百舌鳥の鳴き声の様子では、まだ夜は明けきっていないようだ。

（昨日は薬子と妙な約束をしてしまった）

平城上皇は苦笑した。

（あのような戯言を、なぜ薬子は言い出したのか）

平城上皇に決断を促そうとしての事だろうが、それにしても嵐山を消すなどとは、戯《たわむ》れが過ぎる。

（それだけ余に再び天下を握らせたいという思いが強いのだ）

それにしても、あまりにも荒唐無稽《こうとうむけい》な言葉は、かえって興《きょう》を削ぐ。

平城上皇は手を叩いた。

「失礼します」

女官が襖を開けた。

「梨佳はどうした」

朝の着替えは、いつもは藤原冬嗣の妹、梨佳にやってもらっている。

女官は小首を傾げた。

（いないのか）

女官には休みの日もある。その順序を、平城上皇とてすべて把握しているわけではなかった。

女官の手で着替えを済ませると、徐々に頭がすっきりとしてきた。

「庭が見たい。襖を開けろ」

「はい」

襖の外に控えていた二人の女官が、襖を両側から開いた。

丹誠《たんせい》込めて整えられた庭が現れた。

襖の外を見つめた。その眉間《みけん》にみるみると深い皺《しわ》が刻まれる。飛び跳ねるように立ち上がった。

「いかがなされました」

平城上皇は答えない。のみならず、躰も微動《びどう》だにしない。

ただじっと庭を見つめている。いや、その視線は、庭の先に向けられている。

「消えた……」

ようやく言葉が漏れた。

「消えたとは」

「嵐山が、消えた」

平城上皇が見つめるその先には、いつもならくっきりと見える嵐山が、忽然《こつぜん》と姿を消していた。

「莫迦な……」

そう言ったきり平城上皇は絶句した。視線を動かすこともできない。ただじっと、いつもなら嵐山がある筈の空間を見つめている。

(何故だ)

ようやく平城上皇は、視線を移し、辺りを見回す。

庭の池、外の木々、部屋の屛風。

どこにも変化は見られない。いつもと同じだ。ただ嵐山だけが消えてしまったのだ。

(どういう事だ)

平城上皇は女官の袖を摑み、庭を向かせた。

「見ろ。嵐山が見えるか」

「見えませぬ」

「どうしてだ」

「さあ」

蒼《あお》ざめた顔で答える。

「誰か、誰かおらぬか。人を呼べ」

平城上皇のただならぬ声に、女官たちは慌てて人を呼びに行った。

やがて侍従たちが小走りにやってくる。

「いかがなされましたか」

口々に言い、次の間に控える。

平城上皇は次の間との仕切を取り払うように命じた。十人近くの侍従たちが控えているのが見える。

「庭の外の景色を見てみろ。嵐山が消えたのだ」

平城上皇に言われて外を見た侍従たちの間に、ざわめきが起こった。

「これは……」

「嵐山が消えたぞ」

「そんな莫迦な」

侍従たちは平城上皇よりさらに慌てているようだ。

「上皇様。これはいったい……」

「薬子の仕業だ」

「え」

「薬子が嵐山を消したのだ」

「何と言われました」

「薬子が余に嵐山を消すと言った。その通りになった」

「しかしそのような事が」

「現に嵐山が消えたではないか」

「不思議な事で」

平城上皇はもう一度、周りの景色を見回す。やはり変化はない。嵐山だけが、忽然とその姿を消してしまったのだ。

「一体何が起きたのでしょう」

「判らぬ」

「我らの目がおかしくなったのでしょうか」

「多くの人間の目が一遍《いっぺん》におかしくなるなどと言うことがあるか」

「では、何か庭と嵐山の間に細工《さいく》が」

「そのような物がないことは、見れば判るだろう」

たしかに、風景はごく自然な風景だ。どこにも細工の跡はない。

「恐ろしい」

侍従の一人が震える声で言った。

「上皇様。薬子様が嵐山を消すと仰ったのは誠なのでございますね」

「ああ」

平城上皇は頷いた。

「薬子様は不思議な力を秘めている」

侍従たちが口々に恐怖を語り出した。それは今、目の前で起きた嵐山消滅という現象に対する恐れと、藤原薬子という女性に対する恐れが入り交じったもののようだ。

「たしかに薬子は恐ろしい女子」

平城上皇が言った。

「だが、その力を使えば、できないことはないであろうよ」

平城上皇は呟いた。

＊

藤原梨佳はいつものように平城上皇の御所に赴いた。

「上皇様」

御簾の向こうに向かって平伏する。

「お前は誰だ」

「藤原梨佳でございます」

次の言葉が聞こえない。

（はて。わたくしの声も聞き分けられぬとは平城上皇様はお疲れの様子。何かお気を悩ます事でもあったのだろうか）

梨佳は訝しんだ。御簾の向こうに幽かに窺える影からは、かなり狼狽《うろた》えているような気配が感じられる。

梨佳は即座に上皇に休んでもらう事を決めた。

「恐れながら上皇様におかれましてはお疲れの様子。布団をのべさせます故《ゆえ》、お休みくださいますようお願い致します」

「そうか」

「しばらくお待ちください」

「布団をのべるのなら、庭の見える部屋に敷いておくれ」

「庭の見える部屋にですか」

「そうだ」

「判りました」

梨佳は平伏すると、他の女官たちが控える部屋に向かった。

＊

平城上皇は、日がな一日、嵐山の消えた庭の風景を眺めて過ごした。

薬子が御所にやって来るのは明朝のことだから、それまで嵐山を消し去った仕組みを訊き出すことはできない。

空間を眺めているだけで、時はあっという間に過ぎていった。現地へと使いに出した侍従の話では、嵐山が元あった場所はすっかり更地《さらち》になっているとのことだった。

(あれは目がおかしくなった訳ではなかったのだ)

不思議な気持ちに心を奪われたまま一日が過ぎ、平城上皇は床《とこ》に就いた。

翌朝起きると、平城上皇はすぐに庭側の襖を開けさせた。

「あ」

平城上皇は思わず声をあげた。

嵐山が見える。

「これは……」

平城上皇の躰は震えだした。嵐山が消えたことも恐ろしいが、その嵐山が再び姿を現したことも、同じように恐ろしい。

「お前たち、嵐山が見えるか」

平城上皇は女官たちに尋ねた。

「はい」

女官たちは頷く。

「薬子を呼べ」

「はい」

すでに薬子が来ている筈だ。

ほどなく薬子がやってきた。

「ご機嫌麗《うるわ》しゅう」

薬子が頭を下げる。平城上皇は黙ったままだ。薬子も頭を下げたまま動きを止めた。

「どのような幻術を使った」

ようやく平城上皇が言葉を発した。

「口で説《と》く事はできませぬ」

薬子は何事もなかったかのような口調で言う。

「そんな訳はなかろう。山が一つ消えたのだぞ」

「はい」

「そしてまた現出せしめた。嵐山という一つの山を、消してまた現したのだ。どのような幻術を使ったのか、話してみろ」

「ただ念じただけ」

「なに」

「それだけでございます」

薬子は頭を上げた。

平城上皇は押し黙った。

「それより安殿様。お約束でございます。嵐山を消し去ることができたら、遷都の命を」

「判っておる」

平城上皇は即座に答えた。約束を反故にする人物ではない。

「遷都の宣旨を下そう」

「ありがたく存じます」

「だが、覚悟はよいか」

「はい」

「帝を敵に回すことになるぞ」

「もとより承知しておりまする」

薬子は静かに頭を下げた。

四

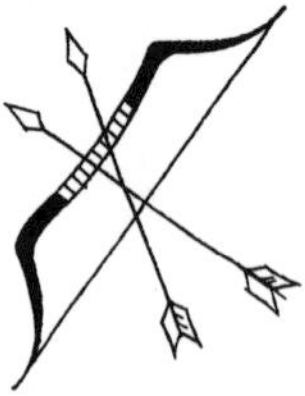

すぐさま平城《へいぜい》上皇は、平安京の御所を引き払い、旧平城京《へいじょうきょう》にある新宮に移り住んだ。遷都に備えるためである。

また新宮の他に、本格的な宮廷を造営する事も発表した。

背水《はいすい》の覚悟の平城上皇にとって、頼りになる公卿は藤原葛野麻呂《かどのまろ》だった。帝の頃より何かと目をかけて中納言にも取り立てた。また、延暦二十三年には遣唐大使として唐にも渡っている実力者である。

平城上皇は葛野麻呂を呼びつけた。

葛野麻呂が謁見《えっけん》の部屋に通され平伏しているのが御簾を通して見える。

「葛野麻呂」

「は」

「お前に訊いておきたい事がある」

「は」

「余に対するお前の忠誠心を訊きたいのだ」

「何を言われます」

葛野麻呂が憤慨したような声を出す。

「上皇様に対する忠誠心は、この葛野麻呂、誰よりも厚いと自負しております」

「誠か」

「嘘はございません」

「たとえどの様な事があっても、余のために働いてくれるか」

「勿論でございます」

「それを聞いて安堵したぞ」

平城上皇は席を立った。御簾の向こうで、不安げに平伏している葛野麻呂の姿が見えた。

＊

熱した空気が淀《よど》むような京の暑さが、いつしか収まり、町を裸で駆け回っていた子供らも襤褸《ぼろ》衣を身に纏うようになった。

九月六日。

平城上皇が新しく住んでいる旧平城京から、藤原冬嗣《ふゆつぐ》の元に急な使いがやってきた。冬嗣はその使いを庭先に通した。

「お知らせ申し上げます」

「何事だ」

「は。本日、平城上皇様が、遷都の命をお下しになられました」

一瞬、使いの者の言ったことが判らなかった。

「何と申した」

「平城上皇様が、この平安京より、平城京への遷都を御命じになられました」

「なんだと」

信じられない事をこの使いは言っている。遷都の命を下せるのは帝だけの筈だ。

「そのような事はある訳がない」

「誠の事でございます」

使いの者は懐《ふところ》から巻紙を取り出し、冬嗣に渡した。冬嗣はその巻紙に記された文言を読むと、微かに唸りをあげた。

「これは一大事だ」

冬嗣はすぐに支度《したく》をすると、帝の元に出かけていった。

冬嗣からの報告を受けると、さしもの神野《かみの》帝も、その顔から笑みが消えた。

「どういう事だ」

「判りませぬ」

「平城上皇は、余という者の存在を、蔑《ないがし》ろになさるおつもりか」

冬嗣は返事ができずにいる。

「帝である余を差し置いて、勝手に遷都という重大事を命ずるなど」

まともなら、考えられぬ事である。

「まさか早良《さわら》親王と伊予《いよ》親王の怨霊が上皇に乗りうつったか」

神野帝の眉間に深い皺が刻まれる。

「いかが致しましょう」

「そちはどう思う」

「は」

この勝手を許していては、帝の立場がない。かといって平城上皇は、帝の実の兄上。無下《むげ》にもできぬ。

(どうしたものか)

冬嗣はしばし考えを巡らす。

「巨勢《こせ》を呼べ。いや、田村《たむら》も、主立《おもだ》った者をすべて集めろ」

「畏《かしこ》まりました」

冬嗣は部屋を後にした。


冬嗣を含め、五名の公卿が集められた。

蔵人頭の巨勢野足《のたり》。五十九歳。

右大臣の藤原内麻呂《うちまろ》。五十四歳。

大納言の藤原園人《そのひと》。五十四歳。

征夷大将軍の坂上田村麻呂《さかのうえのたむらまろ》。五十二歳。

みな顔を強ばらせて帝の前に坐っている。

「上皇が遷都の命を下した」

神野帝が五名を前にして第一声を発する。その事はすでにみな、使いの者から聞き及んでいる。

「朝廷はこの平安京だけだ。勝手に遷都などという重大事を命じられても困る」

みなは頷く。

「考えを述べてみよ」

神野帝が言うと、五人は顔を見合わせた。

最初に口を開いたのは巨勢野足である。巨勢はでっぷりと太った躰に、ぎょろりとした大きな目をしている。

「これは旧平城京から、我が平安京への挑発と存じます」

「上皇に別段のお考えがあっての事と申すか」

「勿論でございましょう。含むところがなければ、たとえ遷都というお考えに行き当たったとしても、まずは帝にお話しするのが筋」

「うむ」

「上皇とて、それに気づかぬ筈はございません。気づいていて敢《あ》えて遷都の命をお下しになった。これは即ち、帝への挑発に他なりませぬ」

「上皇は何故そのような事を」

「さあ」

巨勢は首を捻《ひね》った。

「ほかの者はどう思う」

「巨勢殿の仰る通りでしょう」

濁声《だみごえ》の内麻呂が言った。内麻呂は、やはり太り気味の躰を微かに揺すりながら話す。剛胆な質なのか、部屋に入ってきた頃の顔の強ばりは既《すで》に解《と》けている。

「遷都先をご自分の住まわる旧平城京に定めるとは、これは再びご自分が朝廷の主になろうという事でしょう」

内麻呂の大きな濁声が部屋に響く。

「内麻呂殿。滅多な事を言うものではない」

園人が窘《たしな》める。巨勢野足、藤原内麻呂に比べると、園人はかなり痩せている。

「しかしこのような突拍子《とっぴょうし》もない命が下ったという事は、滅多な事が起きてしまったという事ではないのか」

内麻呂の言葉に、園人は反論できない。

「では上皇の真意は、余に替わって帝になろうという事か」

神野帝が問いかけるが、誰も答えない。

「どうだ冬嗣」

「は」

冬嗣は頭を下げた。だがすぐに面を上げる。

「おそらくその通りかと」

冬嗣はようやく自分の考えがまとまり始めた。

「勿論、位は今まで通り、上皇としてお動きになる筈です。しかし政はすべてご自分のお考えの下に行い、帝の如く振る舞われましょう。此度の遷都は、これからそうなさるという上皇様の宣言なのだと思います」

列席した者が、みな一様に呻り声を発した。

「帝」

田村麻呂が口を開く。

「これは最早《もはや》、反乱かと思われます」

田村麻呂の言葉に、みな目を剝いて田村麻呂を見た。その後に神野帝に目を移すと、神野帝も愕いたような顔をしている。

「坂上殿。滅多な事を言うものではない」

「その通りだ。上皇様が反乱などとは」

「しかし各々《おのおの》がた。帝に取って替わろうとする意志のある行動が、反乱でなくて何であろう」

田村麻呂は顔に笑みさえ浮かべているが、その言葉は剛胆だった。

「反乱であれば、討《う》ち取るのが常道」

「控えよ」

神野帝が田村麻呂の言葉を制した。田村麻呂は平伏する。

「相手は上皇だ。軽々しく反乱などと決めつけるものではない」

「ご無礼、お許しください」

そう言うと田村麻呂は頭を上げた。

「ならば帝。是非この私めを上皇様の下へお遣わしください」

「なに。旧平城京へ……」

「はい。私自身が上皇様の動きを監視する場所にいなければ、落ち着きませぬ」

田村麻呂の笑みを湛えた目は、しかし強い決意に漲《みなぎ》っていた。落ち着かぬと言いながら、その実、上皇に不穏な動きがあれば、我が身を挺《てい》してでも食い止めて見せる、とでも言いたげだ。

「ふむ」

神野帝は考えた。

「是非に」

なおも田村麻呂は懇願する。

「冬嗣」

「はい」

「お前も行け」

一瞬、冬嗣の返事が遅れた。神野帝の言った事が咄嗟《とっさ》に判らなかったのだ。

「坂上は元気が良すぎる。一人で行かせては何をするか判らぬからな。お前も一緒に行くのだ」

「は」

冬嗣は頭を下げた。

「そして二人して探るのだ。上皇の誠のお心を」

神野帝がようやく笑みを浮かべた。

「これでよいか、坂上」

「ありがとうございます」

田村麻呂は今一度、神野帝に平伏した。

＊

平城上皇の下に帝から知らせがあった。

新しい宮廷を造る造営使として、二人の者を遣わすという。その二人とは藤原冬嗣と坂上田村麻呂である。

平城上皇はすぐに薬子《くすこ》を呼んだ。

「神野帝が小癪《こしやく》な真似《まね》をしてきおった」

平城上皇は神野帝からの知らせを薬子に話した。

話を聞いて、薬子はしばらく考えを巡らせているようだ。

「何か魂胆《こんたん》があるに違いない」

「魂胆とは」

「判らぬか」

平城上皇が強い目で薬子を見つめる。

「あの神野帝が遷都に従うと思うか」

「いいえ。そうは思いませぬ」

神野帝は自我の強いお人だ。そのことを薬子は身をもって知っている。

「帝の子飼《こが》いの有力な人物を余の側に派遣して、遷都造営などと言いながら、その実《じつ》、余の動向を探ろうとしに来たのに違いない」

薬子は頷いた。

「どうすればよいか」

「安殿《あて》様」

薬子は静かだが、強い口調で言った。

「冬嗣殿、坂上殿と言えば、帝の寵臣。帝もそれ相応のお覚悟をなされているに違いありませぬ」

「覚悟とは」

「もし安殿様に不穏の動きがあれば、すぐにでも押さえるつもりでしょう」

「押さえるとは、つまり軍を以て召《め》し捕《と》ろうというのか」

「はい」

「小癪な」

「かくなる上は、安殿様に置かれましても、同様のお覚悟がいるかと存じます」

「薬子、お前何を考えている」

「向こうが召し捕る覚悟なら、こちらはなんとしても召し捕られぬお覚悟をするのです」

「挙兵しろという事か」

　薬子は答えない。

「それは大変な事だぞ」

「はい」

「この国にとって、未曾有《みぞう》の一大事だ」

「もとよりそのお覚悟の上で遷都の命を出された筈」

「うむ」

　平城上皇は薬子を見つめる。薬子の顔はあくまで静かだ。


「まずは冬嗣殿と坂上殿を送り返しなされませ」

「なに」

「二人がいては、こちらが挙兵する事を感づかれてしまいます」

　険しい目で薬子を睨んでいた平城上皇だったが、やがてその顔に小さな笑みを浮かべた。

「大した女子だな、お前は」

　平城上皇は胡座をかいた。

「いや、面白い」

　笑い声を上げる。

「今まで余は、帝として、そして上皇として、権力を握っていることを当然のように思っておった。しかし今、余は初めて自らの手で事を為そうとしている。帝の手から天下を取りあげるのだ。これほどの痛快事があろうか」

　平城上皇は笑い続けた。

「お前も、覚悟はできておろうな」

「はい」

薬子の顔に、この日初めて笑みが浮かんだ。

＊

翌日、平城上皇は上毛野穎人《かみつけぬのかいひと》を呼びつけた。

穎人のはしこいところを平城上皇は気に入っていた。

「穎人」

「は」

「冬嗣と坂上を朝廷に送り返せ」

「え」

穎人は愕いた顔を見せる。

「しかしそのお二人は帝より使わせられた造営使」

「造営は藤原仲成《なかなり》にやらせる」

「仲成様に……」

穎人は平城上皇の言葉を噛みしめるように繰り返した。

「そしてな」

平城上皇が声を潜める。

「近《ちこ》う寄れ」

穎人は膝《ひざ》で進んだ。

「各地の兵を整備しておけ」

穎人は返事ができずにいた。

「どうした。聞いておるか」

「はい。申し訳ございません。しかし」

「早急にだ。何が起こるか判らぬ。いつ何が起こっても兵を動かせるように、総ての兵を整えておくのだ。判ったな」

平城上皇は、帝と戦《いくさ》をする覚悟があることを告げた。

「はい」

穎人は震える声で返事をすると、平城上皇に平伏した。

＊

送り返された藤原冬嗣と坂上田村麻呂が帝の前に呼び出された。

「面目ございませぬ」

田村麻呂が落ち着いた様子で謝る。冬嗣も頭を下げる。

「よい」

神野帝はいつもと変わらぬ顔で答えた。

「我らの代わりに、造営には藤原仲成殿が当たられるご様子」

「うむ」

「直《じき》に新しい朝廷が建てられましょう。都は旧平城京に移ります」

「帝。帝はこのまま遷都をお認めになるのですか」

田村麻呂が詰め寄った。

「認めはせぬ」

神野帝は欠伸《あくび》でもしそうな口で言った。

「では」

「平城遷都などは受けつけぬ」

冬嗣と田村麻呂は顔を見合わせた。冬嗣の顔には戸惑いが、田村麻呂の顔には安堵が浮かびあがっていた。

「上皇とて、余がこのまま遷都を黙って認めるとは思っていないだろう」

「と言いますと……」

「兵の準備をしている筈だ」

冬嗣は思わず辺りの様子を窺った。聞かれるのは憚《はばか》られる話だ。

「上皇が、帝に矢を向けると言うのですか」

神野帝は頷く。

「まさかそのような事が」

「余に相談もなく遷都の命を発した時点で、その覚悟はできていた筈」

「信じられませぬ」

「おそらく」

神野帝の目が、一瞬、鈍い光を放つ。

「薬子の入れ知恵だ」

「薬子殿の……」

冬嗣が呟くように言う。

「あいつは幻術を使う」

「笑止《しょうし》な」

田村麻呂が言葉をはき出した。その顔には余裕の笑みが浮かんでいる。

「討ち取れるか」

「ご命令とあれば」

「お待ちください」

冬嗣が割って入る。

「まだ確たる証《あかし》もなく討ち取るなどとは」

「備《そな》えをしておけ」

「は」

田村麻呂が答えた。

「すぐに戦える兵は、何人だ」

「かき集めれば三千人はいましょう」

「上皇側は何人集められそうか」

「確とは申し上げられませぬが、おそらく千人程ではないかと思われます」

神野帝は何事かを考えている。

「もし戦になればどの地を固めればよいか」

「戦えば我が命に代えても勝利を収めてご覧に入れます。しかし上皇の軍が逃げおおせれば、その地で態勢を立て直し、いつまた禍根《かこん》となるやもしれませぬ。ここは上皇軍の退路を断つのが筋かと思います」

「上皇軍の退路とは」

「は。伊勢《いせ》、近江《おうみ》、美濃《みの》の三国が最も大事かと」

いつもの穏和な笑みが、田村麻呂の顔からは消えて、代わりに猛将の顔が現れている。

「ではその三国に先回りして使節を派遣しろ」

「畏まりました」

「そこで兵力を徴収し、上皇軍が逃げてきたときには迎え撃つのだ」

「はい」

「冬嗣」

「は」

「お前には宮中の警備を任せる」

「畏まりました」

「上皇も生半可《なまはんか》な気持ちでは挙兵すまい。こちらにもそれ相応の覚悟がいるぞ」

「心得てございます」

田村麻呂が言う。

「今日中に総て手配しろ」

冬嗣と田村麻呂が平伏し、頭を上げると既に神野帝は姿を消していた。

五

空海が高雄山寺の庵で腕枕をしながら寝転がっていると、真念《しんねん》が掃除をしに入ってきた。

「空海様。どいてください。掃除ができませぬ」

「うむ」

空海は徐《おもむろ》に起きあがった。真念は雑巾《ぞうきん》で床を拭き始める。

「団子《だんご》は買ってきたか」

坐ったまま真念に尋ねる。

「街まで降りて買《こ》うてきました」

「そうか。では茶室で喰うとするか」

そう言いながら空海は立ち上がった。

「雉《きじ》の肉でもあればもっといいんだがな」

「滅相もないことを」

空海は笑った。

「時に空海様、御所の孔雀が死んだそうです」

「なに」

空海の顔から笑いが消えた。

「御所に孔雀がいたのをご存じですか」

「もちろん知っている」

「その孔雀が死んだと街のお人が噂しておりました」

「ふむ」

空海が立ったまま考え事をしている。

「どうなさいました」

「不吉だな。孔雀は不動明王の化身だ。その孔雀が死んだとなれば」

「生きとし生けるものにはおしなべて死が訪れます」

「御所の孔雀はまだ若い孔雀なのさ」

「そうですか。不動明王の化身が亡くなれば、どうなります」

「不動明王は大日如来から命を受けて悪魔を押さえつけている。それが消えれば、悪魔が頭をもたげる」

「それは……」

「何かよくない事が起こりそうな気がするぜ」

空海は庵から庭に飛び降りた。

「来い真念」

「どちらへ」

空海は答えずにズンズンと山の奥に向かって歩を進める。仕方なく真念は雑巾を投げ捨て後を追う。


四半時も歩いた頃、空海はようやく松の木の前で歩を止めた。

真念がぜえぜえと肩で息をしているのに対し、空海は平然としてその松の木に手を伸ばした。その先の枝に、なにやら金色に輝く物が挟《はさ》まっている。空海がその物を枝から取りだした。

「あ」

真念は思わず声をあげた。空海が松の枝から取りだした物は三鈷杵《さんこしよ》である。三鈷杵とは、煩悩を調伏する法具、金剛杵《こんごうしよ》の一種である。金剛杵は把《は》の両端の鈷数《つめ》によって、独鈷杵《とつこしよ》、五鈷杵、三鈷杵などに分かれている。

「それは空海様が、唐から我が国に向かって投げられた三鈷杵ではありませんか」

唐を離れ帰国する際に、空海は明州《めいしゆう》の港から海に向かって〝密教を伝えるのに相応《ふさわ》しい場所を示したまえ〟との願いを込めて三鈷杵を宙に投げた。三鈷杵は金色の光を放ちながら日本めがけて飛んでいったと言われる。

「俺は高野山でもよくこの三鈷杵で修行したものよ」

「では、唐からこの三鈷杵がたどり着いたのは高野山ですか」

「まあ、そう思っててもいいがな」

空海は含み笑いをした。

「とにかく、またこの三鈷杵で修行するときが来たようだ。これはな、事が起こったときのために、自分自身の邪心を払うためのものなのだ。真念、お前は真言を唱えろ」

「はい」

真念は緊張した面持《おもも》ちで答えると、目を瞑った。

空海は三鈷杵を右手で持つと、それを静かに、短刀のように動かす。その動きに合わせるように、真念の真言が聞こえ始めた。

＊

旧平城京は騒がしかった。

帝への挙兵の命は下されてはいなかったが、上皇が兵力整備の命を下した時点で、なにやら大変なことが起きそうだという不安が宮中に広がっていた。

藤原仲成《なかなり》は平城《へいぜい》上皇に呼び出されるとすぐに馳《は》せ参じた。平城上皇の部屋には薬子《くすこ》がいた。

「薬子」

「兄上。お覚悟はよろしいでしょうな」

「知れたこと。上皇様の為に、一世一代の働きをしてくれようぞ」

「よく言った」

平城上皇が嬉しそうに言った。

仲成はこのところ、気持ちが充実していることが自分でも判った。

（天下の一大事に自分が関わっている）

躰が震えてくる程の一大事ではあるが、それだけに遣り甲斐《やがい》がある。位を駆け上っていく冬嗣《ふゆつぐ》や園人《そのひと》に取り残された寂《さび》しさから、酒を呷《あお》るだけの日々を送っていた自分が嘘のようだ。

（今の自分があるのも、薬子のお陰なのだ）

あの日、薬子が酒を取り上げてくれなかったら……。

仲成はあらためて妹に、感謝の念を抱いた。

「さっそくだが仲成」

「は」

「真夏《まなつ》を呼べ」

藤原真夏は冬嗣の兄である。

「それに、文室綿麻呂《ふんやのわたまろ》もだ」

「綿麻呂ですか」

「そうだ」

綿麻呂は武勇の誉《ほま》れ高く、坂上田村麻呂の後継者との呼び声高い武将である。

「帝の軍の冬嗣には、我が軍は真夏。坂上田村麻呂には綿麻呂を当てて対抗させるのだ」

平城上皇の顔が引き締まる。

「分断させるのが主な狙いだ」

「分断……」

「そうだ。冬嗣と真夏は兄弟。その兄弟が別れ別れになれば冬嗣とて慌てよう」

仲成は膝を打った。

「また田村麻呂にとって綿麻呂は愛弟子《まなでし》だ。その愛弟子が敵になったとあれば田村麻呂とて心乱れようぞ」

「ご深慮《しんりよ》、恐れ入ります」

「なに。薬子の入れ知恵だ」

「薬子の……」

仲成は愕いた様子で薬子を見た。我妹ながら恐ろしい女子。

「それに田村麻呂はもう歳だ。綿麻呂の方が勢いがあるぞ」

「たしかに。しかし綿麻呂は田村麻呂の愛弟子。そうやすやすと我らの誘いに乗るかどうか」

「綿麻呂なら大丈夫です」

薬子が言った。

「綿麻呂はすでにこちら側の人間」

薬子がすでになんらかの手を打ってあるものと思える。妹の用意周到《しゅうとう》さを仲成は頼もしく思った。

「判ったら早急に真夏と綿麻呂を呼び寄せるのだ」

「は」

「それともう一つ」

平城上皇は声を潜めた。

「平城京の警備をお前に任せる」

「え」

「厭か」

「滅相《めっそう》もございませぬ。ただ、私如《ごと》きに有り余る名誉なお役目」

「兵は二百人つける。お前ならできる」

「恐れ入ります」

「仲成」

「は」

「これからも、余のために働いてくれ」

「もったいないお言葉」

それ以上、言葉が出てこなかった。仲成は平伏した。その目からは、止めどなく涙が溢れていた。

*

九月十日。

平城上皇による遷都の命から四日が過ぎた。

この日、冬嗣は内密に神野帝に呼ばれた。

神野帝は抜かりなく、伊勢、近江、美濃の三国に使いを送り、平城上皇を迎え撃つ兵力を整えていた。

　また宮中の警護も、冬嗣によって万全の体制が整えられていた。

「冬嗣」

「は」

「内密に命を下す」

　冬嗣は下げていた頭をさらに低くした。

「此度の上皇のなさりようは最早、謀反《むほん》といってもいいもの」

　心の臓の鼓動がいきなり速くなったような気がした。

　神野帝はついに謀反という言葉を使った。

「勿論、このご乱心は、薬子に操られてのもの」

　謀反に続いてご乱心とは。だが、上皇が挙兵の備えを始めている以上、帝から見ればそれは間違いとはいえない。そしてその因を神野帝は薬子だと断じた。

「薬子の位を剝奪しろ」

　神野帝の目は、いつになくギラギラとした光を発している。

「薬子の……」

「尚 侍《ないしのかみ》の位を剝奪するのだ。薬子を上皇の側から引きはがせ」

　なるほど。上皇と本気で戦うならば当たり前の手順である。

「薬子がいなくなれば上皇も目が覚めるだろう」

　神野帝はなぜだか一時、目を伏せた。

「そして」

　また冬嗣を見つめる。

「仲成を捕らえろ」

　咄嗟《とっさ》に返事ができなかった。

「どうした」

「畏《かしこ》まりました。ただ、罪名は……」

「平城上皇は新邸の警備を堅固にしている事だろ

う。その役目は仲成が負っている筈。即《すなわ》ち、謀反の疑いありだ」

「は」

「けっして逃すな」

神野帝は部屋を後にした。


冬嗣は仲成の屋敷の周りに兵を潜ませて、仲成が帰宅するのを待ち伏せしていた。連れてきた兵は三十名程である。その三十名が闇に潜んでいる。

(帝のあの目……)

いつもは穏和な笑みを湛えている帝が、仲成の名を口にしたとき、一瞬、険しい目をしたような気がしてならないのだ。

(帝は私と仲成との関係を慮《おもんぱか》って……。あのようなお方でも少しは情があるのだろうか)

冬嗣は頭《かぶり》を振った。今は仲成の逮捕に集中しよう。

幸い、今日は月が雲に隠れ、捕り手たちの姿を隠してくれる。

話し声が聞こえた。

冬嗣は息を潜め、周りの捕り手たちも息を潜めるように手で合図を送った。

話し声が大きくなり、やがて七、八人の人影が歩いてくるのが見えた。

人影が充分近づいた頃を見計らって冬嗣は立ち上がった。周りの捕り手たちも立ち上がる。

歩いてきた男たちはギョッとしたように立ち止まった。

「誰だ」

「仲成殿」

冬嗣が仲成の前に立ち塞《ふさ》がった。

「これは、冬嗣殿」

いつの間にか大勢の捕り手たちが仲成に灯《あか》りを照らし、取り囲んでいた。

「何事でござる」

「仲成殿。あなたを捕らえなければなりません」

「なんだと」

仲成が気色《けしき》ばんだ。

「仲成殿に謀反の疑いありとの知らせがありました」

仲成の目が大きく見開いた。

「何を申す」

「平城上皇の新邸を兵で固めている様子」

「それは……」

「詳しい事は右兵衛府《うひょうえふ》で聞きましょう」

仲成の供の侍たちが刀を抜こうとしたが、仲成がそれを制した。圧倒的な人数に取り囲まれている事に気づいたからである。

「では」

冬嗣がそう言うと、捕り手たちが仲成と供の侍を取り囲んで歩き出した。仲成も従わざるをえなかった。

*

その夜……。

薬子は平城上皇の閨《ねや》の中にいた。

(愛しい人)

薬子は平城に貫かれながら、平城の裸の背中を抱きしめた。

(やっとここまできた)

襖の向こうで足音がした。

「ご報告申し上げます」

平城上皇は薬子を貫いたまま動きを止めた。

「何事だ」

「先ほど、藤原仲成様が捕らえられました」

「なに」

平城は薬子から離れ、衣服を整えだした。薬子は半身を起こしたが、まだ衣服をつけられずにいる。

「仲成が……」

しばし平城上皇は絶句した。

ようやく薬子も衣服を整える。

「薬子」

「はい」

薬子の声も幽かに震えている。

「抜かったわ」

「相手は神野帝。これぐらいの事は仕掛けるでしょう。致し方ございませぬ」

薬子は即座に気持ちを落ち着かせた。

兄の顔が瞼《まぶた》に浮かぶが、薬子はその顔を振り払った。

「帝も戦うつもりのようです」

「兵を挙げろ」

平城上皇の言葉に、使いの者が平伏した。

＊

九月十一日未明。

神野帝は平城宮に密使を送った。神野と通じる若干《じやつかん》の大官を呼び寄せるためである。

一方、平城宮にいる上毛野穎人《かみつけぬのかいひと》はおつきの者と一緒に、朝早く平城上皇に呼ばれた。

「お呼びでございますか」

穎人は平城上皇の前に跪《ひざまず》いた。

「早朝より川口道を通って山城《やましろ》に進む」

穎人の心の臓が激しく鳴りだした。

山城は平安京のすぐ東側である。いよいよ平安京に攻め入るのだ。

「各武将に手配をしろ。新都に残る兵は二百。あとの八百は全員、出陣だ」

「は」

穎人は供の者と一緒に退室した。平城上皇に命ぜられたことを供の者と一緒に、各武将に告げて回る。だが穎人の心は乱れていた。

(このことを帝に伝えなければ)

だが、供の者が一緒なので、抜け出すことができない。

各武将に告げ終わった後、ようやく抜け出す隙《すき》ができた。穎人は焦《あせ》る気持ちをむりやり抑えながら新都を抜け出した。

駈けて駈けて、心の臓が破れると思うくらい走りどおして、ようやく平安京にたどり着いた。

穎人はすぐさま神野帝の元に通された。

「動きがあったか」

「はい」

穎人は返事をしながら息を整える。

「上皇様は早朝より川口道を通って、平安京の東に向かっております」

穎人の胸は段々と落ち着きだした。

「武将たちが総出で平安京に向かっております」

「そうか」

神野帝は、一大事にも慌ててはいない。

(さすが帝だ。肝が据《す》わっていらっしゃる)

穎人は感心した。

「よくぞ知らせてくれた。ご苦労だった」

「は」

穎人は頭を畳にこすりつけるように平伏した。

*

平城上皇の軍は、進軍を続けた。

行く先々で、その土地の司《し》を従えた。軍は歩を進めるほど膨れあがっていった。すでにその数は二千人に達しようとしている。

進軍先の司の屋敷の一室で、平城上皇と薬子は寄り添って坐っていた。

「上皇様」

薬子が平城上皇に呼びかける。

「諸司、土地の侍たちが悉《ことごと》く上皇様におつきになっていきます」

「うむ」

「これも上皇様が普段より、誠の帝と慕われている証」

平城上皇は頷いた。

「しかし上皇様。戦いはこれから。努々《ゆめゆめ》油断召されるな」

「判っておる」

平城上皇の心は滾《たぎ》っているようだ。

「礼を言うぞ」

「わたしに礼ですか」

薬子が不思議そうな顔を平城上皇に向けた。

「そうだ。お前という女がいたお陰で、余は与えられた生を思う存分、楽しむことができる」

「畏れ多いお言葉」

薬子は頭を下げた。

「お礼を言うのはわたしの方です」

薬子の本心だった。

覇気《はき》のない兄を見て育ち、愛情を感じられない夫を宛《あてが》われ、神野帝には勝手気ままに躰を玩《もてあそ》ばれる。そんな中で、平城上皇は薬子が初めて心惹かれた男性だった。

(この男の天下を揺るぎないものにしたい)

その思いだけで薬子は突き進んでいるといえる。

「安殿様に引き立てられ、薬子は幸せ者でございます」

平城上皇が薬子の肩を強く抱いた。

「必ずや、安殿様の天下が訪れましょうぞ」

薬子の言葉に、平城上皇は強く頷いた。

＊

文室綿麻呂は薬子との閨を思い出していた。

（このような俺に躰を開いてくれた）

その躰に溺れたのではなく、その心意気に感ずるところあって平城上皇についた。

だが……。

（それで良かったのだろうか）

帝に弓を引くという大罪を、おのれは犯したのではないか。その迷いを抱いたまま、綿麻呂は新宮を出た。新宮には二百の兵を置いて、自分は徒歩《かち》兵二十名程を連れて平城上皇を追った。

どれくらい進んだだろう。辺りの暗闇の中に、突然、多くの灯りが現れた。

「綿麻呂様、これは」

供の者が不安げに声をかける。

「綿麻呂」

闇夜に大声が轟《とどろ》いた。

綿麻呂はその巨体が崩れ落ちるように、力が抜けるのを感じた。

「お前を捕らえなければならぬ」

光に照らされた声の主は、坂上田村麻呂だった。

「坂上様」

綿麻呂は震える声で言った。

「なぜ儂を裏切った」

綿麻呂は答える事ができない。

供の者が太刀を抜いた。

「綿麻呂様。斬りこみましょう」

「無駄だ」

綿麻呂は供の者の太刀を素手《すで》で摑んだ。

「すでに周りを囲まれておるわ」

そう言うと綿麻呂は供の手から太刀を奪い取って自らの躰に突き刺そうとする。

「やめろ」

田村麻呂の大声に、太刀を握った綿麻呂の手が止まった。

「裁きは帝に任せよ」

綿麻呂は、死ぬ事もできず、太刀から手を放した。

*

坂上田村麻呂が文室綿麻呂を捕らえたのに続いて、藤原冬嗣が、兄である真夏をその自宅で捕らえた。

綿麻呂は左衛士府《さえじふ》に拘禁された。

一方、坂上田村麻呂は神野帝に呼ばれた。

内裏の仁寿殿で神野帝と謁見する。

「坂上」

「は」

「面を上げろ」

田村麻呂は神野帝の顔を見上げた。その顔にはいつもと変わらぬ笑みが浮かんでいる。

「お主に大納言の位を与える」

「それは」

神野帝は田村麻呂に顔を寄せた。

「上皇を撃て」

何を言われたのか、さすがの田村麻呂も一瞬、戸惑った。だが顔には、神野帝に負けずに笑みを貼りつけている。

「臆したわけではあるまいな」

「滅相もございませぬ」

田村麻呂は頭を下げる。

「そのような大役を仰せつかり、この坂上、この上なき幸せ者にござります」

「うむ。軽鋭卒《けいえいそつ》をすべて思うがままに連れて行ってよいから、東国に向かう上皇を迎え撃つのだ」

「ありがたきご配慮。ただ、一つだけお願いがございます」

「申してみよ」

「はい。上皇様を邀撃《ようげき》するという大役、また大納言への抜擢《ばってき》、ありがたき事でございます。このお役目、しくじりは許されぬ事と存じます」

「もとより」

「ならば万全の形を整えて事に当たりたいと思いまするが」

「万全の形とは何だ」

「は。恐れながら、拘禁中の文室綿麻呂を部下として使いたいのでございます」

「なに綿麻呂を」

「はい。綿麻呂は元々私の部下。気心が知れております。綿麻呂の武勇は帝もご存じの筈」

「うむ」

田村麻呂は神野帝を見上げ続けている。

「よかろう」

「ありがとうございます」

田村麻呂は頭を下げた。

「綿麻呂を参議とする。上皇邀撃に同行させよ」

田村麻呂は平伏すると神野帝の前から退いた。その際、やはり神野帝に呼ばれたのか、藤原冬嗣が廊下を歩いてくるのが見えた。

田村麻呂と冬嗣はお互いに会釈《えしゃく》をしてすれ違った。

冬嗣が神野帝の前に姿を現す。

「冬嗣か」

「は」

「命ずることが二つある」

「なんなりと仰せください」

「我が都の南と西が手薄《てうす》だ」

「宇治《うじ》、山崎《やまざき》と与渡津《よどのつ》ですな」

「そうだ。その地に屯兵《とんぺい》を手配しろ」

「畏まりました」

「できるか」

「抜かりなく」

「よく言った」

「二つ目の命とは」

「うむ。仲成を殺せ」

冬嗣は咄嗟に言葉を返すことができなかった。

「どうした。できぬのか」

「いえ」

幼い頃、仲成と遊んだ事が思い出されただけだ。

「任せたぞ」

「畏まりました」

冬嗣は平伏した。頭を上げたときには、すでに目の前の襖は閉まっていた。

＊

冬嗣は直ちに官人五名を伴って右兵衛府に向かった。

右兵衛府に着くと、格子《こうし》のかかった禁所《きんじょ》に仲成が座していた。

仲成はすぐに冬嗣を認めた。

「冬嗣か」

「仲成」

二人は見つめ合った。

「着替えて、白州《しらす》に出向かれたい」

「そうか」

仲成は総てを悟った。

冬嗣が部屋を去ると、護衛の者に見守られながら仲成は白装束《しろしょうぞく》に着替えをした。

着替えをしながら、薬子のことを思った。

（あれは恐ろしい女だ。あれがいなかったら、俺は平穏な人生を送っただろう）

それなのに、突如として薬子が俺を、そして周りの者を唆《そそのか》し、帝に反逆するという大罪を犯すことになってしまった。

だが……。

（それもまたよい）

仲成はそう思った。

薬子に唆される前、俺は只《ただ》のだらしのない酒飲みではなかったか。それも日々の暮らしに鬱積《うっせき》した思いを抱き、そのやりきれぬ思いを酒で紛《まぎ》らわせていただけだ。その憂鬱な暮らしが、薬子によって一変した。生きる目当てが出来、一時、たしかに俺は生きていた。

仲成は着替えを終えた。

白州に出向くと、柱に縛りつけられた。

やがて白州に冬嗣が顔を見せる。

「藤原仲成。帝に背いた罪で処刑いたす」

「悔いはない」

五名の官人が仲成目がけて弓を構える。

仲成は目を見開いた。

「やれ」

冬嗣の号令がかかると、兵士たちは一斉に矢を放った。五本の矢は一本も外れることなく、仲成の胴に突き刺さった。

仲成は冬嗣を睨みつけたまま絶命した。

＊

平城上皇の陣営に、遣いの者が息を切らせて駆けつけた。

平城上皇は薬子と共に遣いの者の知らせを聞いた。

「申し上げます。只今、藤原仲成様、右兵衛府にて射殺されました」

「なに」

平城上皇の顔がみるみるうちに怒りで真っ赤になった。額には血の筋が浮き出ている。

「兄が……」

そう言ったきり、薬子も絶句した。

「仲成……」

無念の思いが平城上皇の胸中《きょうちゅう》に去来した。だがその思いはすぐに闘志へと切り替わった。

「おのれ神野。このままでは終わらせぬ」

「決戦でございます」

口を閉ざしていた薬子が、平城上皇に言った。

「上皇自ら采配《さいはい》を振るわれませ」

「判っておる」

「上皇様」

襖の向こうから、切羽《せっぱ》詰まったような声がする。

「誰だ」

「葛野麻呂《かどのまろ》でございます」

「うむ」

中納言、藤原葛野麻呂である。端整な顔立ちながら、五十五歳になった葛野麻呂は威厳を湛えている。

「まだ引き返せます。この辺で思いとどまっていただきたく存じます」

「なに」

「恐れながら、帝に逆らうとは天下の大罪」

「黙れ」

「黙りませぬ。大勢《たいせい》は帝にあります。このままでは徒《いたずら》に上皇様のお名前に傷がつきましょう」

「余が勝てばよいのであろう」

薬子が声を上げた。

「戦いは始まっているのです。もう後戻りはできぬ」

「判ったか葛野麻呂。出立《しゅったつ》の準備をするのだ」

葛野麻呂はそれ以上、逆らうことはできなかった。

＊

坂上田村麻呂と文室綿麻呂は並んで馬上にいた。

「兵の数は」

田村麻呂が綿麻呂に尋ねた。

「総て合わせて五千集まりました」

田村麻呂は無言で頷く。

「千ずつ三隊に分け、それぞれ伊勢、近江、美濃に向かわせたく思います。残りは平安京の周囲を含め、必要な所に」

「抜かるな」

「は」

綿麻呂が短く返事をする。

「坂上様」

「何だ」

「今回のご処置《しょち》、ありがたく」

綿麻呂は言葉を詰まらせた。

上皇側に寝返り、処刑されても当然の綿麻呂を田村麻呂は救った。

「恩に着せるような事でもない。この戦に勝つにはお前の力が必要だった。それだけだ」

田村麻呂が笑みを湛えた顔で言うと、綿麻呂は馬上で嗚咽《おえつ》をもらした。

＊

平城上皇はすべての兵を率いて陣を出立した。

平城は駕籠《かご》に乗った。

駕籠に揺られながら、様々な思いが去来する。我が子、高岳親王を皇太子にするために年若くして早々と神野帝に皇位を譲ったこと。だがそれが裏目に出て、神野帝が我が物顔に振る舞い始めたこと。

そして、薬子との出会い……。

まだ若かった頃、藤原薬子を一目見て惹かれたことをありありと思い出す。

薬子の方も同じ気持ちだったことは間違いない。

二人は当然のように惹かれあい、愛し合った。

やがて平城は薬子を尚侍として登用し、薬子は発言力を高めていった。

薬子は、女として魅力的でありながら、また政《まつりごと》にも類《たぐ》い稀《まれ》な才を発揮した。

平城はますます薬子にのめりこんでいった。薬子もまた、夫ある身でありながら、平城との仲を深めていった。

その挙《あ》げ句《く》、遂には神野帝に弓を引くまでになってしまったのだ。だが、平城上皇に悔いはなかった。藤原薬子を愛《いと》しいと思う気持ちは、出会った頃よりもさらに強くなっていた。

(この大軍で、必ずや神野を撃ち砕いてくれる)

平城はその思いを自分の中で確かめた。

ふいに駕籠の動きが止まった。

「どうした」

駕籠の中の平城に、外から葛野麻呂が声をかけた。

「恐れながら」

葛野麻呂の声がする。

「我が方の軍兵が、歩を進めるごとに数が減っていきます」

「なに」

「みな神野帝に恐れをなして逃げてゆくのです」

その言葉を聞いた途端に、平城の頭に血が上った。

「逃げる奴は放っておけ」

「しかし、その数は多大なものです」

「かまわぬ。逃げるような奴は戦になっても役に立たぬわ」

平城は構わず軍を進めさせた。だが、しばらくすると、また駕籠が停まった。

「どうした」

平城は再び家来に声をかける。

「は。只今前方を調べていた者から知らせがありました」

「どのような知らせだ」

「路《みち》の前方に、帝の大軍が待ちかまえています」

「なんだと」

神野帝の軍が、先回りしていた。神野帝の軍の総大将、坂上田村麻呂を少し見くびりすぎていたのか。

「その数は計り知れず、とても我が軍が太刀打ちできるものではありません」

「むう」

平城は言葉を失った。


「いかが致しましょうか」

「平城京に戻ろう」

平城上皇は即座に意を決する。

「そこで態勢を立て直すのだ」

一軍は今来た道を引き返し、平城宮に戻った。兵は疲れ果てていた。すでにその大半は逃げ去り、また帝側に寝返っている。

「上皇様。平城宮が、帝の軍に囲まれました」

「なに」

「もはや蟻《あり》の這《は》いでる隙間もございませぬ」

平城上皇は呻き声を洩らすと薬子を呼んだ。

「神野め、思ったよりやることが早い」

薬子は答えない。いつもの強気な光が目から失われ、どこか哀しげな顔に見える。

平城宮に、次々と知らせが入る。

「帝の軍は大軍です。周囲の者が次々と帝の軍に加勢し、途轍《とてつ》もない規模に膨れあがっています」

「上皇様」

家来が声をかける。

「もはやこれまでかと存じます」

「薬子」

平城は薬子に呼びかけた。

薬子は無言で平城を見上げる。

「どうしたものか」

「降伏なさいませ」

「なに」

「今ならまだ間に合います」

「何を言う」

「負けたのです」

薬子の顔は哀しみを湛えてはいるが、どこか安らぎを感じてもいるようだった。

「お前の口から負けたなどという言葉は聞きたくない」

「しかし真《まこと》のことです。神野帝は、わたしが思ったよりも遥かに強《したた》かな帝でした」

「薬子」

「申し訳ございません」

薬子は頭を下げた。その目から、涙がぽとりと落ちた。

「もう敵わぬのか」

薬子は頭を下げたまま答えない。

「面を上げろ」

平城の声は穏やかだった。

薬子は面を上げた。その目は涙で赤くなっていたが、気丈にも強い光を放っている。

「薬子、礼を言うぞ」

薬子は目を見開いた。

「何故でございます」

「今まで余の我儘《わがまま》につきあってくれたではないか」

「そのような事」

「帝に弓を引くなどとは、我が儘より他に考えようがない。その我が儘に、お前をつきあわせてしまった」

そう言うと平城は笑った。

「とんでもございませぬ。事ここに至ったのも、総てわたくしのせい」

「お前はよくやってくれた。お前がいなかったら、余の一生はなんと味気《あじけ》なかったことか」

「もったいないお言葉でございます」

「薬子」

平城の顔から笑みが消える。

「はい」

「毒を飲もう」

「え」

「お前なら毒を持っておろう」

「何を仰います」

「余は負けぬ」

薬子は、平城の言った言葉の意味が判りかねるように眉をひそめた。

「神野帝はお前を欲しかったのだ」

「それは……」

「知っていた。神野帝がお前を欲していた事は」

「安殿様」

「そしてお前は神野帝に抱かれた」

薬子は顔を伏せた。

「よい。相手は帝だ。余も知っていながらどうする事もできなかった」

「すみません」

薬子は涙声で言う。

「だが神野帝はお前の躰を奪っても、心までは奪う事はできなかった」

薬子は顔を上げる。

「ここで余とお前が一緒に死ねば、余は神野帝に勝つ事ができる」

平城がいきなり薬子を抱きしめた。

「あ」

「もう離さぬ」

薬子は戸惑いながらも、その両手で平城を抱きしめる。

二人はお互いの口を吸い、舌を絡ませる。

やがて平城は顔を離すと、薬子の顔を見つめて言った。

「薬子。お前は永久《とわ》に余のものだ。二人で死ねば、そのことを神野帝に示す事ができる。勝つ事ができるのだ」

また、勝つ手立てはそれしかない。

「実は棺《ひつぎ》を二つ用意しておる」

「安殿様……」

「それぐらいの覚悟はしていたのだ」

平城上皇の心の総てを悟ったように、薬子は頷いた。

薬子は巾着《きんちゃく》から紙包みを取り出した。その中に黒い粉が入っている。

「毒草を磨《す》り潰したものです」

平城は薬子の様子を黙って見ている。

薬子は毒を二つの紙に分けた。

「これで死ぬ事ができます」

「極楽浄土《ごくらくじょうど》で会おう」

薬子は頷くと毒薬を口に含んだ。

「安殿様。薬子は幸せでございました」

段々と平城の顔が薄れていった。

六

夕日のように真っ赤に染まった紅葉をかき分け、橘 逸勢《たちばなのはやなり》は慌てた様子で空海が住む高雄山寺の庵を訪ねた。

「空海、いるか」

縁側《えんがわ》への段を上り、開け放たれた戸から声をかける。

「どうした」

ごろ寝をしていた空海が起きあがった。

「呑気《のんき》に寝ている場合か」

逸勢は空海の前に胡座をかいて坐り、息を整える。

「帝がお呼びだ」

「帝が……」

空海は首を傾げた。

「はて、帝が俺に何の用だ」

「なんでも、謎を解いてほしいと仰っておる」

「謎を……」

「そうだ」

「どんな謎だ」

「先日起こった事についてらしい」

逸勢は声をひそめる。

平城《へいぜい》上皇と神野《かみの》帝（後の嵯峨《さが》帝）との争い。

九月六日。平城上皇は新宮である平城宮への遷都を宣言する。

九月十日。神野帝側は平城上皇の側近の一人である、藤原薬子《くすこ》の兄、仲成《なかなり》を捕らえる。

九月十一日。神野帝側はさらに平城上皇側の文室綿麻呂《ふんやのわたまろ》、藤原真夏《まなつ》を捕らえる。さらに夜、拘禁中の藤原仲成を射殺する。

九月十二日。神野帝側は、蟻の這いでる隙間もない程に平城宮を取り囲んだ。敗戦を悟った平城上皇は出家し、薬子は毒を飲んで自殺した。

九月十三日。神野帝（嵯峨帝）は詔《みことのり》を発し、一連の事件の終焉を告げた。帝は上皇の罪を追及する事は避けたが、上皇の皇子、高岳《たかおか》親王の皇太子の地位を奪った。代わって皇太子に就いたのは異母弟、大伴《おおとも》親王である。

「あの事件の何を調べろというのだ」

「それは知らぬ。だがお前を見こんでの事だぞ」

「買い被りだ」

「そう言うな」

ようやく逸勢は落ち着きを取り戻しつつある。

「帝はお前の力をよくご存じだ」

「俺は薬子に負けた男よ」

「すねるな」

逸勢は苦笑した。

「お前は雨を呼び、護摩焚きならぬ粥炊きまでやってのけたではないか」

「薬子は曼荼羅《まんだら》を消した」

幻術比べの日、薬子は人の大きさの倍はある五体の仏像を、一瞬のうちに消して見せた。あれはいったいいかなる幻術なのか。

「その薬子殿が何といっても事件の首謀者だったと言われているらしいからな。死人に口なしさ。帝は、お前に頼るほかないのだろうよ」

そう言うと逸勢は立ち上がった。

「行くぞ空海。帝に逆らうわけにはいかぬ」

空海は渋々《しぶしぶ》立ち上がった。

＊

空海と逸勢が宮廷に出向き、神野帝の居住する仁寿殿に足を踏み入れると、帝は御簾ごしに書を認《したた》めている最中だった。

「見事な書でございます」

神野帝が書き終わった書を見せると、逸勢は思わず言った。

「お前たちには敵《かな》わぬ」

そう言うと神野帝は笑った。

「とんでもございませぬ」

逸勢が恐縮している。

空海、橘逸勢、神野帝（嵯峨帝）は、後に三筆と呼ばれることになる書の達人である。

「帝におかれましては普段と変わらぬご様子。安堵致しました」

逸勢が言うと、神野帝は頷いた。

「あのような事があって、余も心を痛めた」

逸勢は平伏する。

〝あのような事〟とは、平城上皇が神野帝に対して反乱を起こした事を指すのだろう。

「上皇がなぜ兵を挙げようなどというお気持ちになられたのか……」

「恐れながら」

逸勢が平伏したまま言った。

「窮屈だろう。面を上げろ」

「は」

逸勢は姿勢を元に戻す。

「あれはすべて薬子の差《さ》し金《がね》だったと皆は口々に申しておりますが」

平城上皇は、藤原薬子に唆《そそのか》され、神野帝に反乱を起こした。世間ではそう思われていた。

薬子は毒を飲んで自害し、薬子の兄、仲成は射殺された。

平城上皇は出家し、今は誰とも会おうとしないと言われている。

「たしかに藤原薬子が糸を引いていたのかもしれぬ。だがもしそうであれば、その裏付けが欲しいのだ」

神野帝の顔から笑顔が消えた。

「平城上皇ともあろうおかたが、たかが尚侍の言葉にそう簡単に操られるとも思われぬのだ」

「それは……」

その事は逸勢も訝しく思っていた。帝に弓を引くなどとは天下の大罪である。いくら唆されようとも、そう易々《やすやす》と請け負《お》えるものではない。

「どう思う、空海」

神野帝がまっすぐに空海を見る。空海も帝を見つめ返す。

「薬子は幻術を使います」

「うむ」

「その幻術を使えば、いかなる事でもできたのでしょう」

神野帝は表情を変えない。

「ならばその幻術を知りたい。いったい何故、平城上皇が謀反を決意したのか。もし薬子が幻術を使って平城上皇を誑《たぶら》かしたのなら、いったい如何なる幻術を使ったのか」

謀反という言葉を聞いて逸勢は慌てた。

「平城上皇はあの事変以来、黙《もく》して語らぬ。だが余は知りたいのだ。その真実を探るには、大きな知恵がいるだろう」

神野帝は空海を見つめている。

「平城上皇がなぜ反乱を決意したのか。それを探ってほしい」

(だから帝は空海に目をつけたのか)

空海は類い稀な知恵と才の持ち主。

「よいな。一月後、またここに来い。その時に答を持って参れ」

そう言うと神野帝は奥の間に姿を消した。

＊

二人は高雄山寺の庵に戻った。

「大丈夫か、空海」

逸勢は心配そうに空海の顔を覗きこんだ。

「なんとかなるだろう」

「そんな呑気な事を」

逸勢は苛々《いらいら》した様に躰を揺すった。

「帝は一月後に答を持ってくるように仰ったのだぞ。そんな僅《わず》かな刻《とき》で平城上皇の挙兵という大事の真相を解き明かせるのか」

「物事は単純に考える事だ。なぜ平城上皇は挙兵したのか。それを知りたければ、平城上皇に直に訊けばよい」

「平城上皇に……」

逸勢は絶句した。

「違うか」

「しかし」

ようやく言葉が出てくる。

「平城上皇は帝にも挙兵の訳を話さなかったのだぞ」

「当たり前だ」

空海は事《こと》も無《な》げに言った。

「挙兵して倒そうとした相手に、本当の事が言えるか」

空海の言葉を聞いて、逸勢はポカンとした顔を見せた。

「なるほど。たしかにお前の言う通りだ」

空海はニヤニヤとした顔をしている。

「だがな空海。ことは天下の一大事だ。挙兵の相手である帝に本心を明かせないのは判るとして、他の人間にならば明かせるものだろうか」

「それは訊いてみなければ判らんがな」

「お前には平城上皇の本心を聞き出せる自信があるのか」

「なんとかなると思っているさ」

空海はゴロリと横になった。

「明日にでも平城上皇の許を訪ねてみようではないか」

「明日……」

「厭か」

「厭ではない。だが日は良いかな」

「日などどうでも良い。思い立ったが吉日だ」

そう言うともう空海は目を瞑ってしまった。

＊

平城宮を逸勢と空海は訪ねていった。


「平城上皇にお会いするのはいささか気が重いな」

逸勢が言う。

この度の反逆はすべて臣下のせいという事になり、平城上皇自体はお咎《とが》めは無しだった。とはいえ反逆の頂点に平城上皇が立っていたのは紛れもない事実。隠し仰《おお》せるものではない。その張本人に会うのだ。いったいどんな顔をして会えばいいのか、逸勢ならずとも気が重くなるだろう。

だが空海は、いつもと変わらぬ呑気な顔をしている。

「小腹がすいたな。焼栗でも食いたいものだ」

「呑気なことを言っている場合ではない。着いたぞ」

平城宮の一部がいったん取り壊され、その跡に寺院が建てられた。そこが上皇の住居と定められた。出家したとはいえ、身の回りの世話は、相変わらず侍従たちが行っている。

「上皇様にお会いしたいのだが」

逸勢が出迎えた侍従に用件を告げた。

「それは……」

侍従が突然の訪《おとな》いに戸惑っている。

「どうした。上皇はお身体でも悪くしたか」

「いえ、そのような事は。毎日のお食事もきちんと召し上がられますし、お風邪を召した様子も見られませぬ」

「それなら良いではないか。実は帝の命により上皇様にお話を聞きたいのだ」

「そうですか」

取り次いだ侍従はお辞儀をすると、奥に引っこんだ。

逸勢と空海が突っ立って待っていると、先ほどの侍従が戻ってきて、二人を中へ上げてくれた。

長い廊下の角を三つほど曲がると、上皇と謁見《えつけん》する間へと通された。

逸勢と空海は板の間の上に坐って待たされた。目の前には御簾が降りている。

やがて供の者と一緒に、上皇がやって来る気配がした。

逸勢は気を引き締めた。

紫の袈裟《けさ》に身を包んだ高貴な姿が見えた。その姿を見て逸勢はハッとした。

（おやつれになった）

廊下から御簾の奥に坐るほんの一瞬、垣間《かいま》見ただけだ。だがそれでも、以前と比べてまるで別人の様に変わってしまった事が見て取れた。以前の覇気のある様子は微塵《みじん》も見えない。

（お可哀そうに）

反逆を企てたのが平城上皇自身だとしても、やつれた姿を垣間見て、逸勢はそう思わずにはいられなかった。

（まるで抜け殻《がら》の様だ。此度の事では、余程お心を

痛められたのに違いない）

　そのやつれた影が御簾の向こう側に坐ったのが見えた。毎日、きちんと食事をしてはいても、上皇の時の豊かな食事と、出家後の粥中心の食事とでは、やはり勝手が違うのだろう。

「橘逸勢でございます」

　逸勢が平伏しながら言う。

「空海でございます」

　空海も頭を下げる。

　御簾の向こうから返事はない。

「この度は、帝からの命により、上皇様にお話を伺いたく、参じましてございます」

　逸勢の声は震えている。

「帝は、此度の挙兵の訳を知りたいと仰っておられます」

　空海がいきなり言った。逸勢は空海の言葉に肝を潰した。空海は平城上皇が挙兵したとハッキリと言ってしまった。帝でさえ、平城上皇が反逆したとは表だっては言っていない。平城上皇の臣下《しんか》が兵を挙げたと、上皇に罪はなかったという言い方をしているのだ。それを空海は、会ってすぐに的の真ん中を射抜く様に言葉を投げつけた。

「薬子に操られた」

　御簾の向こうから声が聞こえた。

　その声を、様々な感慨を持って逸勢は聞いた。

　まず、久し振りに上皇の声を聞く事ができたという思い。だがその声も、かぼそく、以前の覇気に満ちた力強い平城上皇の声とは思えない程だ。

　さらに薬子に操られたという言葉。

　皆が考えていた通り、あの乱は平城上皇自らの意志ではなく、尚侍、藤原薬子に操られての事だったのだ。

「何故です」

　空海が大きな声を出した。

御簾の向こうで、上皇が顔を上げた気配がした。

「何故、上皇様は操られてしまったのです」

そうだった。その理由を聞き出さなければ、帝の問に対する答とはならない。

「山が消えたのだ」

御簾の向こうから、声が聞こえた。だが逸勢には、その言葉の意味するところがよく判らなかった。

「山が消えたとは」

空海も聞き返している。

「嵐山が消えたのだ」

「嵐山が……」

ますます訳が判らない。

「薬子は余に反逆を勧めた。もちろん余は断った。そのような大それた事、できるわけがない」

逸勢は頷く。

「だが薬子の誘いは執拗だった。そしてとうとう余も根負けした形で、ある約束をしてしまったのだ」

「ある約束とは」

「宮城の庭から見えている嵐山を消す事ができたら、帝に対して挙兵しようと」

「嵐山を……」

帝の考えは判った。嵐山を消してしまうなどという事はできるわけがない。つまり、婉曲《えんきょく》に薬子の誘いを断ったわけである。

それなのにどうして……。

「高《たか》をくくっていた。いくら幻術を使う薬子でも、山ひとつ消すなどという事は、できるわけがないと」

「その通りでございます」

「だが、甘かった」

逸勢は微かに頭を上げた。

「薬子の幻術は、余の想像をも遥《はるか》に凌《しの》いでいたのだ」

「と仰いますと」

「言っただろう。嵐山が消えたのだ」

「嵐山が、文字通り消えたというのですか」

上皇が頷く気配がする。

逸勢と空海は顔を見合わせた。

「約束をした次の日の朝、庭に面した部屋の襖を開けると、いつもなら見える筈の嵐山が見えなかった」

「それは……」

その後の言葉が続かない。そんなことがあるわけがない。上皇は何か勘違いをしているのだ。

「しかし、嵐山はいつも通りこの京の西に横たわっております。消えてなどおりませんが」

「次の日の朝、起きてみると嵐山はまた現れていた」

そんな莫迦な事があるわけがない。

「お言葉ながら」

逸勢は勇《ゆう》を鼓舞《こぶ》して上皇に対して言葉を発する。


「もしかしたら」

逸勢は考えを巡らす。

「目眩《めくら》ましを食らわされたのでは」

上皇は答えない。

「一瞬のうちに強い光を発する何らかの仕掛けを施し、それで光を上皇様の目に当てる。だからある筈の嵐山が、一瞬、見えなかった」

「目眩ましではない。嵐山は、その日、一日中、消えていたのだ」

「なんですと」

逸勢は狼狽した。だがなんとしてもこの謎を解かなくてはならない。

(そうだ)

もしかしたら……。

「上皇様は違う方角を見せられていたのでは」

嵐山が見える方角のつもりが、寝ている間に躰の向きを変えられ、嵐山とは反対の方角を見せられていたとしたら……。それならば嵐山が見えなくても不思議はない。

「それもない」

上皇は御簾の向こうからきっぱりと言った。

「自分の住居だ。方角を間違える筈がない。いつも寝ている部屋に、いつも寝ているように寝て、いつものように朝、起きて、いつものように庭から外を見た。そこにいつもと違う様子など微塵もなかったのだ」

「それは……」

「庭から見る景色もいつもと同じだ。池には鯉が泳ぎ、ほとりには木々が生い茂っている。ただそこに、嵐山だけがないのだ。ぽっかりと消えてしまった」

そのような事があるのだろうか。いや、あったからこそ上皇は、帝への反乱を決意された。しかし……。

「余の話はそれだけだ」

上皇がそう言ったのを合図に、襖が閉められた。逸勢と空海は引き下がるより他なかった。

＊

逸勢と空海は、高雄山寺の空海の庵で今後の事を話し合っていた。

「山が消えたなどという突拍子もないことを、いったいどうやって帝にお伝えするのか」

逸勢は顔を顰《しか》めながら言う。

「そんな事を言ったら、巫山《ふざ》戯《け》ていると思われるだけだ」

「そうだな」

もし本当に山が消えたのなら、その訳をきちんと解き明かさなくては帝からの命を果たしたとは言えないだろう。

「それとな、逸勢」

「なんだ」

「上皇が反乱を企てたのが薬子に操られていた事は言質《げんち》が取れた」

「ああ」

「だが、それは新たな謎を呼ぶ」

「新たな謎だと」

「そうだ。なぜ薬子が上皇を操り、帝に反乱を企てなければならぬのか」

「なるほど」

　逸勢は頷いた。

「だが、そこまできちんと解き明かすのは厄介《やっかい》だぞ。薬子殿が何故、帝に弓を引いたのか。本人が死んでいる以上、そのわけを調べるのは容易な事ではない」

「判ってるさ」

「それに薬子殿はどうやって山を消したのか。空海。お前はその謎も解き明かさなくてはならないのだ。帝のご命令なのだから」

　五体の巨大な仏像を衆人環視の中、一瞬のうちに消し去った薬子。さらに嵐山をも消し去った稀代の幻術士、薬子。

　その薬子に、空海は勝負を挑もうとしている。すでに死んだ薬子に。

「勝てるのか、薬子殿に」

「判らん」

「死んだ相手にいったいどこから手をつけて良いものやら」

「まず、上皇の側の者から話を聞いてみようではないか」

「なるほど。そうすれば上皇に近かった薬子殿の噂も聞こえてこような」

　逸勢は早くも、そのための手筈の事を考えていた。

＊

逸勢は供の者に命じて、平城上皇に仕えた者たちの現在の住処《すみか》を突き止めさせていた。

まず空海が目をつけたのは藤原梨佳《ふじわらのりか》である。

藤原梨佳は藤原冬嗣の妹で、今年二十六歳になる。薬子の事変以前は、女官として上皇に仕えていた。冬嗣の屋敷に兄と一緒に住んでいる。

逸勢は早速冬嗣に渡りをつけ、梨佳に話を聞く約束を取りつけた。

冬嗣の屋敷に着くと、まず冬嗣が顔を見せた。逸勢は冬嗣が苦手だった。端整な顔立ちをしているのだが、なぜかその落ち着き払った物腰が相手を威圧するのだ。

「これは橘殿。空海殿」

逸勢は冬嗣に頭を下げる。

「空海殿。いつぞやは請雨の法、ご苦労であった」

「まあな」

空海は曖昧《あいまい》な返事をする。

「今日は梨佳に話があるとか」

「迷惑か」

ぶっきらぼうに空海は言った。

「とんでもない。帝の命だそうではないか」

「そうなのだ。上皇が何故、あのような事を企《くわだ》てるに至ったか。それを探れとの命だ」

逸勢が空海に代わって答えた。

「妹で良ければなんなりと訊いてくれ。だが、すでに済んだ事だ。あまり深入りするのもどうかと思うが」

「深入りされて困る事でもあるのかな」

空海が言った。

「そんな事はない」

冬嗣は落ち着いて答えた。

「梨佳は今、庭にいる。案内しよう」

冬嗣に案内されて逸勢と空海は廊下を歩く。やがて庭の見える部屋に通された。縁側に女性が坐って、なにやら紙に筆を走らせている。

「梨佳」

冬嗣が声をかけると、女性が振り向いた。

（美しい）

その女性を見て逸勢はまずそう思った。

（噂には聞いていたが、梨佳殿がこれほど美しい女子だったとは）

逸勢は感嘆の溜息を漏らした。

（これほど美しい女子は、都中捜してもいないだろう）

どんなに顔立ちが似た女子を見つけてきても、梨佳の代わりは務まらないに違いない。

「それはなんだい」

空海が梨佳の持つ紙を覗きこみながら訊いた。

「庭の様子を写し取っております」

梨佳が口を開いた。その声は思ったよりもハッキリとしている。

「梨佳は絵を描くのが好きでな」

「絵を……」

珍しがって逸勢も紙を覗きこんだ。

（これは……）

うまい。まるで本物の木と池がそこにあるように、上手に写し取られている。

「上皇様の事で少し訊きたい事があるのだが」

空海がそう言うと、梨佳は絵筆と紙を縁側に置いた。

冬嗣もまるで逸勢と空海を見張るように畳に腰を下ろした。

「この度の事は誠に心の痛む出来事」

まず逸勢が話のきっかけをつけた。空海に任せておいたら単刀直入すぎて何を言い出すか判ったものではない。

「しかしこれもみな、尚侍である薬子殿の差し金」

冬嗣が頷く。すべては薬子のせい。これは帝がいち早く取った立場である。そういう事にして上皇を罪人にする事を避けたのだ。

「薬子殿とはいったいどういう女子なのだ」

逸勢は梨佳に尋ねた。

「薬子様の事はよく判りません」

梨佳は逸勢と空海の方に向き直る。

「ただ、薬子様は、平城上皇様とはとても親しくしておいでででした」

「薬子殿は夫のある身だが」

「しかし平城上皇様はことのほか薬子様を可愛がり、また、薬子様も平城上皇様をこよなく愛おしいとお思いになっていたご様子」

「そうか」

逸勢は頷いた。平城上皇の間近にいる女官から見ても、上皇と薬子は仲睦《むつ》まじかったのだ。

「さて、我らが知りたいのは、いったい何故、平城上皇様ともあろうお方が、尚侍である薬子殿の言いなりになってしまったのかという事だが」

冬嗣も梨佳も、いささか心に張りつめたものが生じたように見受けられた。

「それは判りませぬ」

梨佳は即座に答えた。

「噂によれば」

逸勢は慎重に言葉を選んだ。

「平城上皇様は、薬子殿に幻術で誑《たぶら》かされたとも言うが」

梨佳は答えない。

「ある日」

空海が口を開く。

「嵐山が消えたそうだな」

「嵐山が……」

梨佳は怪訝《けげん》そうな声を出した。

「そうだ。平城上皇様は薬子に〝嵐山を消す事ができたら兵を挙げよう〟と言われたのよ」

逸勢は空海の言葉に肝を潰した。平城上皇自ら〝兵を挙げよう〟と言った事を明言してしまったではないか。それは帝でさえ慎んだ言葉だ。

「平城上皇様がそのような事を仰ったのですか」

「ああそうだ。そして薬子は、本当に嵐山を消してしまった」

「嵐山を……」

梨佳は首を傾げている。

「梨佳殿も知っておろう」

逸勢がそう言うと、梨佳はゆっくりと首を左右に振った。

「知らぬのか」

「はい」

「山が一つ消えたのだぞ。上皇様も人を呼んだ筈。それを知らぬ訳が無かろう」

「でも本当に知らないのです」

「橘殿」

冬嗣が逸勢に声をかける。

「嵐山が消えたとはどういう事だ」

「文字通り、嵐山が消えたのよ」

「そんな事があるわけが無かろう」

「いや、あったのだ。だからこそ上皇様は、挙兵を決意された」

そう言ってから逸勢はハッとして口を噤んだ。自ら〝上皇様が挙兵を決意された〟と言ってしまった。だがもう取り返しはつかない。逸勢は開き直る事にした。

「しかし梨佳もそんな事はなかったと言っておる」

「もしかしたら」

梨佳が言った。

「わたくしはあの頃、病を得て休みがちでした。嵐山が消えたのはわたくしが休んでいる時の事だったのかもしれません」

「梨佳」

「もし平城上皇様が自ら嵐山が消えたと仰るのなら、本当に消えたのでしょう。あのお方は偽りを仰るようなお方ではありません」

平城上皇に身近に仕え、平城上皇の人となりをよく知っている女官の言葉だけに重みがある。

「しかし山が消えるなどと」

「噂にはならなかったのかい」

空海が梨佳に言った。

「薬子が嵐山を消した。もしそれが本当なら、その事が宮中で、噂になるはずだろうよ」

「どうだ梨佳」

冬嗣が梨佳に尋ねる。

「聞いておりませぬ」

逸勢は空海を見た。空海もチラリと逸勢を見た。


（これはいったいどうした事か）

空海は腕を組んで考えこんでいる。

「上皇様が夢を見ていたのだろうか」

逸勢が言った。

「さあ」

梨佳はそう言ったきり俯《うつむ》いた。

表が騒がしくなった。

「どうやら客が来たようだ」

「長居をしたな。この辺で失礼するよ」

空海はそう言うと、冬嗣邸を辞去した。


逸勢と空海は、道を歩きながら冬嗣邸でのことを話し合った。

「どう思う、空海」

「うむ」

「嵐山が消えたという大事が、宮中でまったく噂になっていないなどという事があるのか」

「考えられぬな」

「だろう。ということは上皇様は夢を見ていたのだろうか」

「いや」

空海はその速い歩調を緩めることなく話す。

「上皇様は覇気のあるお方で、聡明だとも聞く。気持ちもシッカリしたお方だろう」

「それは俺も請け合う」

「だったら夢と現《うつつ》の区別ぐらいつく」

「ではどうして嵐山が消えた事が噂になっていないのだ」

「もしかしたら」

空海はしばし考えこんだ。

「口止めをされているという事はないかな」

「口止め……」

「そうだ。嵐山が消えた事は誰にも言ってはならないと」

「なぜ口止めされなければならないのだ」

「そんな事は判らねえさ。だがもしそうなら」

空海が言葉を止めた。一軒の民家が見えたのである。

「その家だ」

薬子の変以前、平城上皇に仕えていた侍従の今の住処である。

「ごめん」

空海は部屋の中に声をかけた。中からすぐに三十歳前後の男が出てくる。

「おれは空海というものだが」

「ああ、あの空海様で」

男は空海の事を知っていた。空海は頷く。

「私は橘逸勢」

「おお」

男は頭を下げた。

「実は上皇様の事で知りたい事があってな」

「はて、どのような事でございますかな」

「うむ。あの事件の前に、嵐山が消えたそうだな」

空海は核心をついた。

「嵐山が……」

「消えたという話をある方から聞いたのさ」

男は首を捻っている。

「知らねえか」

「はい。いったい嵐山が消えたとは、どういう事でしょうか」

空海と逸勢は顔を見合わせた。この男も知らないという。

「そういう噂を宮中で聞いた事はないか」

「いいえ」

男は首を振っている。

「そうか。ならば仕方がない。邪魔をしたな」

空海は踵《きびす》を返した。

「おい、空海」

逸勢が慌てて後を追う。

「いいのか、もう訊く事はないのか」

「ない」

そう言うと空海は、スタスタと男の家を後にした。

*

坂上田村麻呂《さかのうえのたむらまろ》の放った矢が、的の真ん中に突き刺さった。

「お見事」

側《そば》で、大きな躰の文室綿麻呂が言った。

矢はまだ的の真ん中で揺れている。

「まだまだ儂も捨てたものではないな」

田村麻呂は満足げな笑みを浮かべて言った。

「誰も坂上様の武勇の前には霞《かす》んでしまうでしょう」

綿麻呂が言った。田村麻呂が頷いて次の矢を弓に番《つが》えようとした時、綿麻呂が突然、田村麻呂に対して平伏《ひれふ》した。

「どうした」

田村麻呂はまだ笑みを絶やさない。

「此度の事、誠にありがとうございました」

田村麻呂がいかにでっぷりとして大柄な男だとしても、綿麻呂の巨体と比べてはやはり小さい。その巨体を小さく畳むようにして自分よりも小さな男に平伏す図は、異様な光景に見えた。

「何の事だ」

「上皇様の挙兵に際し、私は帝に敵対しました」

「うむ」

「普通なら死罪を被《こうむ》ってもおかしくはない大罪。それを坂上様は救ってくれたばかりか、また帝の軍に取り立ててくれました」

「誤解をするな」

田村麻呂は矢を弓に番え、構えた。

「前にも言った筈だ。儂はお前の力を買っている。お前の力が必要だったのだ。だからお前を牢から出し、働いてもらった。お前が有り難いと思うのは、お前の力に対してだ」

田村麻呂は矢を放った。矢はまた的の真ん中あたりに命中した。

「なんと、もったいないお言葉」

綿麻呂の声が幽かに震えている。衣の袖が涙で濡れていた。

「もしお前が本当に儂に対して有り難いと思っているのなら」

田村麻呂は弓を置いた。

「一つ相談に乗ってくれぬか」

「は。なんなりと」

「空海をどう思う」

「空海ですか」

空海はこのところ急激に名をあげてきた高僧だ。聡明で、書と文の達人で、唐の言葉を自在に操る。唐では密教の奥義を授かったという才人である。また、日照りが続いたときには請雨の法を行い、雨を降らせた事でも知られている。

「力のある男かと思います」

「たしかに」

田村麻呂は頷いた。

「だがその力が、時として邪魔になる事もある」

「はて」

綿麻呂は首を捻った。いったい田村麻呂は何を言おうとしているのか。

「このところ空海は、上皇様の周りを嗅ぎ回っておる」

綿麻呂にとっては初めて聞く事だった。

「どうやら帝に命じられて、上皇様の謀反のわけを探っているようなのだ」

空海なら適任ではないかと綿麻呂は思った。

「だが」

田村麻呂の顔から笑みが消えた。綿麻呂は大きな躰をビクッと震わせた。

「どうもあの男は好かぬ」

田村麻呂は手拭いで躰の汗を拭きだした。顔にも微かな笑みを取り戻している。

「幻術を使うなどとほざいておるが、胡散臭《うさんくさ》い」

「なるほど」

請雨の法は有り難かったが、その後藤原薬子との幻術合戦では敗れてしまった。

「そのような男が帝の命を受けてもよいものだろうか」

「それは……」

綿麻呂は言葉に詰まった。空海の力は申し分ないように思われる。だがどういう訳か、田村麻呂は空海を嫌っているようだ。

「どうだ綿麻呂。空海をこの任から追い出せぬか」

「空海をですか」

田村麻呂がこのところ、頻繁に清水寺《きよみずでら》に通っているのは、その事を祈念しての事なのだろうか。

京都東山《ひがしやま》にある清水寺は、坂上田村麻呂の私寺である。

もともとは宝亀《ほうき》九年（七七八年）、延鎮《えんちん》がこの地に庵を結び連行《れんぎょう》していたのだが、田村麻呂がこれに帰依《きえ》、助力し、清水寺と称し、私寺として認められたのである。

その清水寺に、田村麻呂は薬子の事変の後、足繁《あししげ》く通っているのだ。

「そうだ。空海を追い出す。これは戦《いくさ》と同じだ」

「戦……」

戦なら得意だ。命の恩人である田村麻呂がそれを望んでいるのなら、やり遂げるまでだ。

「空海は帝の信頼が厚いと思われます」

「そうなのだ。だから空海を外す事を帝に納得してもらう事は難しい」

「ならば、空海よりも信頼できる人物を推挙すれば」

一つの軍を潰すには、その軍よりも規模の大きな軍を投入すればよい。

「空海よりも信頼できる人物……。そのような人物がいるのか」

綿麻呂は考えを巡らせた。そしてある一人の人物に思い当たった。

（この人物なら、充分、空海の力に抗《こう》する事ができる。いや、そればかりか、その名声は空海をも凌いでいるだろう）

綿麻呂は知らずに笑みを洩らしていた。

「一人だけいます」

「誰だ、その人物とは」

「天台宗の宗祖、最澄《さいちょう》でございます」

「最澄か」

神護景雲元年《じんごけいうん》（七六七年）、近江国《おうみのくに》滋賀《しが》郡に生まれた最澄。

東大寺で具足戒《ぐそくかい》を受けて僧侶となったが、寺院に留まることなく比叡山に入った。そこで最澄は、さきに帰化した唐僧、鑑真《がんじん》のもたらした典籍のうち、天台宗に関するものに惹かれていった。

最澄の存在は、仏家の間でも知られるようになった。

やがて和気清麻呂《わけのきよまろ》の息子である和気広世《ひろよ》の後ろ盾を得るようになり、ますますその力を伸ばしていき、ついには日本において天台法華宗を樹立するという一大事業を成し遂げるに至った。

「なるほど。最澄ならば申し分ないな」

田村麻呂の顔に笑みが零《こぼ》れた。

「あの男なら空海のいかさまを蹴散らしてくれよう」

汗を拭き終えた田村麻呂は、衣服を整える。

「よい人物を教えてくれた。礼を言うぞ」

「とんでもございませぬ。少しでもお役に立てて嬉しく思います」

田村麻呂は頷いた。

「さっそく帝に進言するとしよう」

田村麻呂は部屋に戻っていった。

＊

高雄山寺の空海の庵で、空海と逸勢は酒を酌み交わしていた。

「判らぬ」

逸勢が言った。

「なぜ嵐山が消えた事をみんな否定するのだ」

逸勢は椀の酒を呷った。

「やはり上皇様のお言葉だけがちがうのか」

平城上皇はハッキリと〝嵐山が消えた〟と言ったのだ。

「あのお言葉に嘘はないと思うぜ」

空海が言った。

逸勢は頷いた。真っ直ぐな平城上皇の人柄と、あの時の口調から、平城上皇が嘘を言っていない事は判る。それに人を、そして真実を見抜く力に長《た》けている空海が〝嘘はない〟と言っているのだ。入唐したときも、数ある僧の中から、師とするべき恵果を見事に選んだ。そんな空海の力を信じる逸勢は、それだけで平城上皇が嘘を言ったわけではないと確信できた。

「ならば」

逸勢は空海に向かって首を突き出した。

「どういう事になる」

空海はただ静かに酒を飲んでいる。

「嵐山が消えたと仰るのは上皇様だけなのだ。他の者はそのような事はないと言う。これではまるで、上皇様だけ黄泉《よみ》の国にでも行ってしまわれたようではないか」

「あるいは」

ようやく空海が口を開いた。

「夢を見せられていたのか」

「夢だと」

「ああ」

空海は椀の酒を一気に飲み乾し、新しい酒を注ぐ。

「いいか。薬子は幻術を使う」

「それは判っている。嵐山を消したのも幻術だろう。だが、その仕組みが判らなくては帝に報告はできぬのだ」

「もしかしたら……」

空海が何事か思案を巡らせたとき、庵の中に人が入ってきた。

訪問者は二人。

「空海殿か」

「そうだが、お前たちは」

「帝の命により参った」

「なに、帝の」

空海と逸勢は顔を見合わせる。

「内裏にお越しいただきたい」

「何の用だい。俺は帝に言われて上皇様の事で調べものをしている。その答がまだ判ってねえんだ。行く必要はねえだろう」

「その事だ」

使いの者が言った。

「その事で帝も空海殿に用があるのだ」

もう一人の使いが言う。

「調べ物をするのに、空海殿のほかにも人がいるのではないかとな」

「なに」

逸勢が色めきたった。

「空海では不足と言われるか」

「私が言ったのではない。帝のお言葉だ」

信じられなかった。帝は空海の力を高く買ってくれている筈だ。

「空海の他に帝の命を遂行できる者なぞいるのか」

「最澄殿がいる」

逸勢は言葉に詰まった。たしかに最澄なら、空海と並ぶ、いや、凌ぐほどの名声の持ち主。

「帝は、空海殿と最澄殿から直に話を聞き、どちらに命を任せるか、お決めになるそうだ」

逸勢は思わず空海の顔を見た。だが空海は狼狽《ろうばい》も感慨も見せぬ、いつもと変わらぬ顔をしている。

「そうか。最澄か」

空海は立ち上がった。

「じゃ、行こうか」

「空海」

「内裏に行って最澄に会ってこようじゃねえか」

逸勢の不安をよそに、空海は庵を出て行った。

七

空海と最澄は、因縁のある二人と言っていいだろう。

どちらも平安時代を代表する仏教界の巨人である。

「しかしあまり面白くない話だな」

使いの者に聞こえぬよう、小声で逸勢《はやなり》が言った。

「せっかくお前が帝から命じられたのに、今になって最澄とどちらか優《すぐ》れた方を選ぶなどとは」

「より優れた人物に仕事を任せる。当たり前の話ではないか」

「しかし一旦《いったん》、命じた事をだぞ」

「うむ。その辺りがいつもの帝らしくないな。誰かの差し金か」

「なに」

空海の言葉に逸勢はいささか驚いた。

「誰かが帝に進言したというのか」

「そういう事もあるだろうよ」

「いったい誰が」

「まあ、そのうち判るだろうさ」

内裏が見えてきた。

使いの者に先導されて、仁寿殿に向かう。

静かな内裏の中が、今日はことのほか静かに感じられる。

仁寿殿に着き、使いの者が襖を開ける。

部屋の中に、藤原冬嗣《ふゆつぐ》がいた。

「これは藤原殿」

逸勢は思わず声を出し、会釈をした。

冬嗣は無言で会釈を返した。

逸勢と空海は冬嗣の隣に坐る。

やがて襖が開いた。

坂上田村麻呂《さかのうえのたむらまろ》の姿が見える。その背後に、一人の僧侶が立っている。

二人はお辞儀をして部屋の中に入った。

僧侶は最澄である。

空海と同じように背が高く、堂々とした躰をしている。

顔は四角張って、あまり表情がない。それが却《かえ》って威厳を醸《かも》し出している。

その目は静かに物事の奥底を見つめているようだ。

最澄は逸勢と空海に軽く会釈をすると、並んで坐った。

逸勢は緊張に耐えきれなくなったのか、咳払いをした。

しばらく五人の男が無言で坐っていると、部屋の正面の御簾に、幽かな人影が映った。

帝である。

五人は平伏した。

「面を上げよ」

帝の声により面を上げると、すでに御簾が上げられていた。

「空海に最澄」

「は」

二人は同時に返事をした。

「余は空海に、平城上皇がなぜあのような事をなされたのか、その訳を調べるように命じた」

空海が頭を下げる。

「だがその任、ほかに適した者がいるのではないかとの進言を受けてな」

　空海が田村麻呂を見た。田村麻呂は空海と目を合わさずに前方を見つめている。

「そこで今日は最澄を呼んだのだが」

　最澄が頭を下げる。

「いったいどちらが優れているのか。それを確かめたい」

　逸勢は気が気ではなかった。

　逸勢は当然、空海の超人的な能力を信じているが、相手は日本一の高僧との誉れ高い最澄である。最澄を見ると、いささかも怯《ひる》んだ様子は見えない。堂々として落ち着いている。

（よりによって最澄と優劣を競わせなくとも良いものを）

　逸勢は帝のやりようが恨めしかった。いや、これは誰かが帝に進言したらしい。

（いったい誰が……）

　考えても判らなかった。

「よいな」

　帝が二人に念を押した。空海と最澄は、一瞬、躊躇《ちゆうちよ》した後、二人とも「はい」と肯《うべな》った。帝の命を拒む事はできない。

「まず、余が空海を信頼するに至ったのは、請雨の法であった」

　そうだった。もともと空海の名声は帝も気にとめていてくれたのだろうが、それが確かなものとなったのは請雨の法を行った事だった。

「あの時、長い日照りを、空海は請雨の法によって終わらせ、雨を降らしてくれた。その事でどれだけ民草が助かった事か。今更ながら礼を言うぞ」

「もったいのうございます」

　空海は頭を下げた。

（そうだ。あの請雨の法を行えるのは、空海をおいて他にはいないだろう）

逸勢は最澄を見た。だが最澄は、冷ややかな顔を崩してはいない。

（なぜそんなに落ち着いていられるのだ、最澄）

逸勢は最澄の落ち着きが解《げ》せなかった。

「どうだ最澄。空海は法力によって雨を降らせる事ができるのだぞ」

帝が笑みを湛えながら最澄の顔を見つめた。

「おそれながら」

最澄が口を開く。

「空海殿は、帝より請雨の法を行えとの命を受けたとき、すぐには引き受けられなかった様子」

「そうであった。自分よりも他に適した者がいるのではないかと懸念していると覚えたが」

冬嗣が思い出すように言った。

「また空海殿は、若い頃より山野を駆け回り修行を積まれた由《よし》」

それがいったい何だというのだ。逸勢は最澄の言いたい事がよく判らない。

「空海殿は、雨が降る日を知っていたのではないか」

みなが一斉に最澄に顔を向けた。

「山野を駆け回っていれば、自《おの》ずと空模様には詳しくなりましょう。晴れていても、どこかヒンヤリした風が吹けば、数日後には雨が降るなど。あるいは雲の様子から、空の変化を捉える事も町の民よりは巧みな筈。その技を空海殿は、若い時分に身につけられた」

逸勢は胸苦しさを覚えた。

「だから空海殿は、帝の命を何日か延ばし、そろそろ雨が降ると見計らった頃に、ようやく請雨の法を行った。だから雨が降った」

空海が雨を降らせたのではなく、雨が降る頃を見計らって請雨の法を行った。なるほど、それなら一人の人間が雨を降らす事もできるだろう。だがそれが事実なら、空海は帝を騙した事になる。帝を騙したのなら、死罪を被ってもおかしくはない。

「どうなのだ空海」

帝が空海に声をかけた。

「最澄の言ったことは真《まこと》か」

空海は真っ直ぐに帝を見ている。

みなの視線が空海に集まる。

「最澄殿の言った通りです」

「空海」

逸勢は思わず声をかけていた。

「ほう」

田村麻呂がわざとらしく大きな声を出す。

「これは由々《ゆゆ》しき事」

田村麻呂が膝を空海の方ににじり寄せる。

「空海殿は、請雨の法を行うと見せかけて、実は空模様を見ていただけなのか」

「それが請雨の法というものだ」

「黙らっしゃい」

田村麻呂が一喝した。いつもの温和な顔はそこにはない。

「畏れ多くも帝の命による請雨の法で、帝を騙すなどとは大罪。死罪に価《あたい》しましょうぞ」

逸勢は動揺した。

(空海が死罪……)

そんな事があってよいものか。

「まあ待て」

帝が口を開く。

「日照りが続いて民草の心は潰《つぶ》れる寸前であった。請雨の法を行うと言わなければ、民草どもは耐えきれなかっただろう。その事を空海は慮《おもんぱか》ったのであろう」

帝の言葉に救われた気がした。逸勢はホッと胸をなで下ろす。田村麻呂は悔しそうな顔をしている。

「有り難きお言葉」

空海に代わって冬嗣が頭を下げた。

「たしかに、そのうち雨が降るなどと曖昧なことを言っても、民草どもは納得しなかったでしょう。だから請雨の法を行うと思わせておいて、その時期を延ばした方がよかった」

「しかし空海殿が雨を降らせたわけではない事は確かなのだぞ」

「それはそうだ。だが空海は護摩焚きの法をも成し遂げた。これこそ密教の秘儀を体得した空海殿ならではの技」

そう言うと冬嗣は帝を見た。

「どうだ最澄」

最澄の顔に、微かな笑みが浮かんだような気が逸勢はした。

「お前に護摩焚きができるか」

「できるでしょう」

最澄が深みのある声で言った。

「なんと」

逸勢はまたも声をあげた。護摩焚きは密教の秘儀。それを天台法華宗の最澄が会得《えとく》しているというのか。

「あの時、空海殿は護摩ではなく、粥を炊いたと聞き及んでいます」

「そうだ。空海は火を使わずに粥を炊いたぞ」

帝が最澄に言った。

「釜の中に米と水を入れ、蓋《ふた》をした。その蓋を開けたら、粥が炊けていたのだ」

「蓋の内側に、すでに炊いた粥を盛った浅い皿が忍ばせてあったのでしょう」

逸勢は目を剝いた。

(そうなのか……)

空海を見る。空海は澄ました顔をしている。

「蓋に細い鉄の棒などで細工をすれば、蓋を開けたときに、上げ底になった粥の載った皿だけ残すことはできましょう。それが釜一杯の粥に見えたのです」

では、米と水を法力で炊いたのではなく、予め炊いた粥を釜の蓋に忍ばせていただけなのか。

「どうだ空海」

「まいりましたな。最澄殿の仰《おお》せの通りです」

空海はあきらめたようにサッパリと答えた。

「またしても帝を騙したのか」

田村麻呂が言い放った。

「まて坂上」

帝の声が飛ぶ。

「あれは幻術比べ。幻術には仕掛けがあるものだ」

「は」

田村麻呂が頭を下げた。

「ならば最澄」

帝が澄んだ声を最澄に向ける。

「あの日、幻術比べは薬子が勝ちを収めた。五体の巨大な仏像を一瞬のうちに消して見せた」

そうだ。その薬子の幻術の前に、空海の粥焚きは敗れ去ったのだ。

帝の前に、小屋ほどもある大きな箱が運ばれた。箱には人の高さ二人分はあろうかという巨大な大日如来像が五体、置かれていた。その五体の仏像を屛風で一旦、隠す。次に屛風を開けたときには、五体の巨大な仏像は、跡形もなく消えていたのだ。箱の周りも調べたが、仏像が運び出された様子は全くなかった。

「お前ならその仕掛けが判るか」

「おそらく」

最澄は即座に答えた。

(莫迦な)

あの幻術の仕掛けが、最澄には判るというのか。

「お前の考えを申してみよ」

最澄は一礼してから答えた。

「おそらく仏像は、箱の脇に設《しつら》えられた仕切の内側に隠されたのでしょう」

「箱の脇にだと」

「はい」

どういう事だ。

「紙と筆を」

最澄の元に、紙と筆が運ばれた。

「薬子が運びこんだ箱には、このような仕掛けが施されていたものと思われます」

最澄は紙にサラサラと筆を走らせた。書き上がったものを帝に見せる。(A図)

「ふむ」

「仏像は、五体横に並べれば大きくても、縦に並べれば一体分の厚みしかありません」

「たしかにそうだ」

「薬子とその供の者は、屏風が閉められている間に、五体の仏像を脇の隠し場所に隠したのです。横から縦に並べ替えたのですよ」

「しかしそのような隠し場所があるようには見えなかったが」

「この絵をご覧ください。隠し場所は、前面が狭く、奥に行くほど広くなっています。逆に皆に見えている部分は、前面が広く、奥が狭い造り。このような造りの場合、隠し場所の狭い部分は気づきにくいものです。つまり前面の幅だけに目がいって、脇に隠し場所があるなどとは夢にも思わないのです」

逸勢は唸った。たしかにそのような仕掛けなら、巨大な仏像を瞬時に消すこともできるかもしれない。

「見事だ」

帝の声が響いた。

「最澄。さすがに名僧と呼ばれるだけの知恵と知識、思慮の持ち主」

「過分なお言葉、痛み入ります」

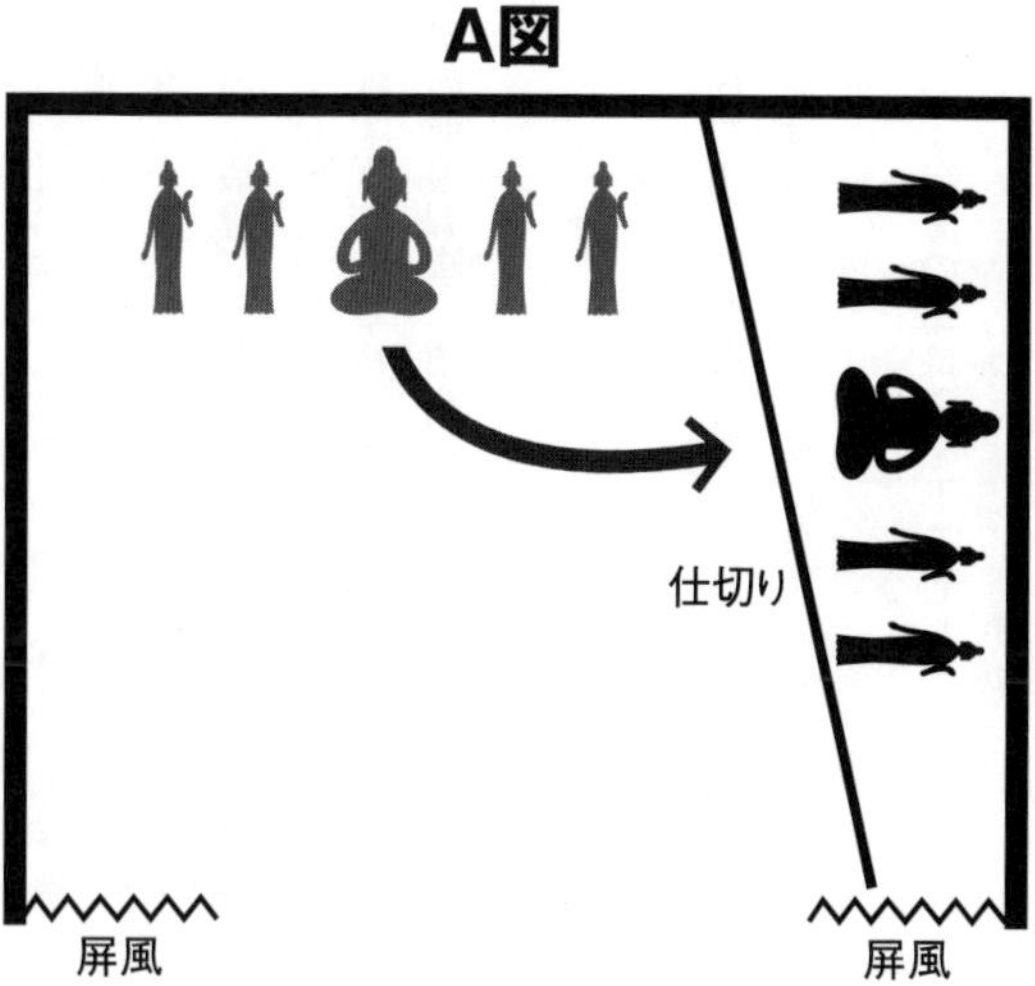

「恐れながら、此度のお役目、最澄殿に任せてみては」

田村麻呂が言った。

逸勢は屈辱で手が震えた。空海がその役目を、最澄に奪われようとしている。

「待て」

帝が田村麻呂を制する。

「最澄は空海の請雨の法、そして粥焚きの幻術を暴いて見せた。さらに薬子の、仏像を消した幻術の仕掛けをも白日《はくじつ》の下《もと》に晒してしまった。だがその仕掛けを自ら考え出した薬子もまた大したもの」

「は」

全員が頭を下げる。

「聞くところによると薬子は、仏像ばかりでなく、山を消したそうだ」

「山を……」

「そうだな、空海。薬子は平城上皇の目の前で、嵐山を消して見せた」

空海が頷いている。

「最澄。お前にその仕掛けが判るか」

今度ばかりは最澄も考えこんでいる。

「空海。最澄。どちらでも良い。その謎を解け」

二人は頭を下げた。

「勝負はそれまでお預けだ」

帝の前の御簾が閉められた。

*

今日も逸勢は空海の庵を訪ねた。

空海は床にゴロンと横になっている。

「空海」

逸勢は空海の脇に腰を下ろした。

「やはりただ者ではないな、最澄は」

「うむ」

「呑気に横になっている場合ではないぞ」

空海は返事をしない。

「ハッキリ言って情けない。お前ほどの男が、幻術比べでは薬子に負け、さらに最澄にまでいいようにあしらわれているではないか」

「相手が最澄では仕方がない」

「何を言う」

逸勢は気色ばんだ。

「俺はお前の凄まじいばかりの力をよく知っている。日本にいる時分から唐の言葉を知り、唐に渡ってからは梵語まで会得してしまったではないか」

「唐の言葉など、唐では子供でも喋《しゃべ》っている」

「それはそうだが」

「湯を沸かそう」

空海は躰を起こした。

部屋の隅に行き、柄杓《ひしゃく》を手に取る。

「お前は知恵だけではない。お前には仏が味方している。あの時」

逸勢は唐での、投華得仏《とうけとくぶつ》の事を思い出していた。

「お前の投げた花は、二度までも大日如来像の上に落ちたではないか」

空海は逸勢の言葉を聞いていないのか、返事をしない。

「考えなければならないのは、なぜ上皇様が、薬子の言われるままに謀反を起こす気になったのかだ」

空海は、話を戻す。

「だからそれは」

逸勢は考える。

「上皇様、御自ら仰ったではないか。薬子殿が嵐山を消したから」

「言い方を変えよう」

空海は竈《かまど》に火を入れた。

「なぜ薬子は、上皇様を操らねばならなかったのか」

「薬子殿が、上皇様を……」

「そうだ」

空海は竈の上に水を満たした鉄鍋を吊《つる》す。

「薬子はそのために嵐山を消すという荒技までやっている。なぜそこまでして上皇様を操らなければならなかったのだ」

「それは……」

逸勢は考えを巡らせた。

「やはり再びこの国を、平城上皇様のお手に託したいという思いからだろう」

「それは何故だ」

平城上皇と薬子の仲は誰でも知っている。

「上皇様と薬子殿は男女の仲、という事か」

「その通りだ」

空海は仏の道ばかりでなく、男女の事もよく心得ている。その事を逸勢は知っていた。

空海が唐より持ち帰った密教の主要教典の一つ

『理趣経《りしゆきよう》』では、一切の人間的欲望が肯定されている。煩悩即菩提《ぼんのうそくぼだい》の立場である。中でも強調されているのが、男女の性的交合がもたらす完全な恍惚境こそ至上の菩薩の境地であるとする論旨である。

「二人がそのような間柄であれば、薬子が上皇様に、再び天下を取らせたいと思っても不思議はない」

逸勢は頷いた。

「だが流石《さすが》に挙兵となると上皇様でも二の足を踏む。だから薬子は嵐山を消すなどという荒技を繰り出して、ご決断を促したのだろうよ」

「そこまでして薬子殿は……」

平城上皇に権力を復したかった。

「だが」

空海が何かを考えている。

「どうした」

「それにしても一介の尚侍が」

空海は言葉を切った。

「いずれにしても確かめなくてはならねえな」

「確かめるとは」

「薬子がどのようにして人を操ることを覚えたのか」

「人を操るか。なるほど、薬子殿は薬を使い、あるいは幻術を使って人を操ってきたのかもしれぬ。しかしそれをどうやって確かめるのだ」

「薬子を幼い頃から知っているおかたに、訊くしかないだろうよ」

空海はそう言うと、椀に湯を入れた。

*

空海が訪ねた先は、旅子《たびこ》に仕えた元女官の館だった。

旅子は桓武の夫人で、大伴親王の母君である。若くして亡くなったが藤原一族の中では薬子と同じ式家に属していたから、薬子とも親しく、薬子の幼い頃をよく知っている筈だった。

　空海と逸勢が訪ねると、旅子の元女官は快く迎えてくれた。すでに年老いて腰が曲がっている。

「突然のお訪ね、許されよ」

「かまいませぬ」

「実は薬子殿のことをお聞きしたいと思って訪ねてきたのだ」

　空海の言葉を聞いて初めて女官は顔を曇らせた。

「すまねえな。しかしこれは帝の命なのだ」

「嵯峨帝の……」

「ああ。ただし薬子殿にさらなる鞭《むち》を当てようなどというつもりはない。ただ真実が知りたいだけなのだ」

「そうですか」

　女官は静かに頷いた。

「なぜなら薬子殿は類い稀なる才の持ち主。いったいどこであのような才を身につけられたのか。それが知りてえんだ」

「薬子様は幼い頃より聡明でした」

　観念したのか、女官は話し出した。

「草や虫が好きで、いつも野原で何やら捕まえたり、草を取ったり」

「それで薬に詳しくなったのか」

「そうです」

　女官は頷いた。

「読み書きもすぐに覚えました。そして次々と漢書を読みこなし、その知識を増やしていったようです」

　誰よりも知識欲が強かった。そういう子供であったようだ。

「薬子様は幼い頃より顔立ちも美しく、聡明で、とても目立っていました。だれからもその美しさを愛でられ、その聡明さに驚かれ、その事を薬子様本人も楽しんでおられた様子」

そのように育ったからこそ、愛する男に天下を握らせようという発想も湧いてきたのだろうか。

「美しく、才がある。平城上皇が惹かれるのも無理からぬことと思われました」

「薬子殿は上皇様のことを」

「自分の夫よりも愛しく思っていたかもしれません。それは最早《もはや》判りませぬが、薬子様は幼い頃より、殿方に愛され、また強く殿方を思うことのできる女子でした」

「薬子殿は」

空海が口を開いた。

「薬を使ったことはなかったか」

「薬……」

「野山で採った草花で作った薬を、使った様子は……」

「使っていましたよ」

女官はようやく頬笑んだ。

「傷を作ったとき、躰がだるく、熱を帯びたとき、薬子様は薬を調合し、傷口に塗り、煎じて飲ませていました。その薬はとてもよく効きました」

「ほかには……」

「眠り薬を作ったこともありました」

「眠り薬……」

「旅子様が眠れなくなったときなどに、煎じてもっていました」

「その薬を飲んだら、旅子様はよく眠れたか」

「はい。段々いい気持ちになってゆくようで、やがてぐっすりと眠っていました」

女官の言葉を聞いて、空海は何事かを考えている。

「こんな話をしていたら本当に眠くなってきました。この辺で」

「邪魔したな」

空海はお辞儀をすると、女官の屋敷を辞した。

*

次に空海と逸勢が訪ねたのは、再び藤原梨佳《ふじわらのりか》であった。

屋敷に着くと二人は亥子餅《いのこもち》を振る舞われた。秋になり、新しく収穫された米で餅を作り、それを食べて子孫繁栄を祈るのだ。

「うまい」

空海はすぐさま亥子餅を食べ始める。

「上皇様と薬子との間柄だが」

食べ終わると空海が訊いた。梨佳の顔に幽かに緊張の色が浮かぶ。

「総ては終わったことだ。今さら隠さなくてもいいだろう。それにこれは帝直々に命じられたこと。話してもらわなければ困る」

空海は半ば脅しのように梨佳に詰め寄った。

梨佳は困惑げな顔をしながらも頷いた。

「二人は互いを愛しいと思っていた。間違いはないか」

「はい」

梨佳はハッキリと言った。

「お二人はそれはもう仲が良く、お互いを大事に思っていたことは端から見ても明らかでした」

空海は頷いた。

「だが普通、女子というものは、愛しい男と一緒にいればそれだけで幸せと思うものではないか。薬子はいつでも上皇様と一緒にいられた。その上に、さらに実権を取り戻すためにあのような暴挙にまででるものか」

梨佳は答えない。

「どうかな」

「薬子様は、御気性の激しいおかたでした」

再び梨佳が口を開く。

「それに政の才にも長けていたように思います」

「だから欲が出たというのかな」

梨佳は幽かに頷いた。

「しかしそれだけで帝に弓を引くなどという天下の大罪に手を染める気になるだろうか」

「空海」

梨佳が答えないので逸勢が空海に尋ねた。

「お前は、いったい何が言いたいのだ」

「薬子が、帝に恨みを抱いていたのではないかと俺は思っているんだがな」

空海の言葉に、梨佳はハッとしたように顔を上げた。

「心当たりでもあるのかい」

「い、いえ」

「隠しちゃいけねえ。帝は総てを知りたがっているのだ」

「それは……」

「帝にとっては真実を洗いざらい知ることが何よりも大切なのだ。それがどんなに聞きたくないことでもな」

それでも梨佳は答えない。

「誰から聞いたなどということは一切、他言しねえ。だから教えてくれ。薬子が帝を恨んでいたのかどうかを」

梨佳はしばらく悩んでいた様子だったが、やがて意を決したのか、口を開いた。

「薬子様は、たびたび帝に呼ばれていました」

「なに」

「おそらく帝の寵愛を受けていたのだと思います」

空海と逸勢は顔を見合わせる。

「それは本当かい」

梨佳は頷いた。

「だとしたら」

空海は考えた。

「薬子は人の妻。さらに薬子は上皇様と深い仲だった。それを帝は引き裂いたというのか」

梨佳は、何も言わないことで空海の問いかけを肯った。

「女子にとって、それはどの様な気持ちになる」

「辛いことでございます」

梨佳は即座に答えた。

「愛しい男がいながら、別の男の伽を命じられたら」

「弓を引きたくなるほど憎んでも不思議はないか」

逸勢が空海を見た。空海は頷いている。

「ありがとうよ。言いにくいことを言わせて悪かった。しかし上皇様おつきの女官であるあんたから言われたら確かだろう」

梨佳はうつむいている。

「薬子が本当に愛しいと思っていたのは夫ではなく、平城上皇様だった。その上皇様が譲位して、一歩退いた形で政を行おうとした。だが代わって帝に立った神野帝が、上皇様を無視して、自分の思うように政を行うようになった」

「それだけでも薬子殿が叛乱を企てるのに充分だと思うが」

「さらに薬子は、神野帝によって、愛しい者との仲を引き裂かれようとした」

「その恨みが加わり、ついに帝に弓を引いた。それが真実なのか」

「もしかしたら」

空海は考えながら言葉を探す。

「薬子が起こした事変は帝への恨みというよりも、上皇様との仲を引きさかれない為の戦いだったのかもしれんな」

「仲を引き裂かれない為の、ですか」

「そうだ。このままでは神野帝に自分と平城上皇との仲を引き裂かれてしまう。だから神野帝が思うがままに振る舞えないように、叛乱を企てた」

空海の言葉を、逸勢も、そして梨佳も吟味《ぎんみ》しているようだ。愛しい者との仲を貫くために、帝にすら弓を引いた。

(そんな事があるのだろうか)

もしそうなら、薬子はその戦いに敗れたことになる。

「空海。薬子殿の思いは判った。だがそうまでして叛乱を起こした挙げ句、薬子殿は上皇様との仲を貫けなかったのだな」

「うむ」

「乱の後の平城宮からは棺が二つ見つかったそうです。一つは薬子様、一つは上皇様のためでしょう。でも」

「薬子は毒を飲んで自死を遂げ、平城上皇は頭を丸めて出家した」

「すべては無駄だった訳か」

逸勢は溜息をついた。

「しかし空海。その事を帝にどうやって告げる」

空海は逸勢を見た。

「そのまま告げたら、帝の怒りに触れるやもしれぬぞ」

帝が薬子を閨に呼び、そのために薬子の怒りを買って叛乱を導いたなどと言えば「そのような答を期待していたのではない」と言われ、下手をすれば首を切られるかもしれない。

「梨佳殿」

空海が言った。

「他に薬子に関して、変わったことを思い出さないか」

「変わったこと……」

いったい空海は何を訊き出すつもりなのか。逸勢には見当もつかない。

梨佳も左右に首を振っている。

「変わったことは、特には思い浮かびませんが」

「どんな事でもいいのだ」

空海は少し苛ついたように言った。

「たとえばだな、普段は訪ねてこないような人物が訪ねてきたとか」

空海の言葉に、梨佳の顔が微かに動いた。

「いるのか、そういう人物が」

梨佳は静かに頷く。

「教えてくれ。薬子の元に、いったい誰が訪ねてきたのだ」

「はい。それは」

「誰だ」

「坂上田村麻呂様でございます」

「なに」

坂上田村麻呂……。

「それは誠か」

逸勢が思わず尋ねていた。

「はい」

梨佳は頷く。

「田村麻呂殿は勇名を馳せた武将。それがいったい尚侍にどのような用向きがあったのだ」

逸勢は梨佳に詰め寄る。

「梨佳殿。田村麻呂殿は薬子殿を訪ねてどのような話をしていたのだ」

「さあ、それは判りませんが、何度もお見かけ致しました」

梨佳は首を捻っている。

「直に訊いてみるしかねえか」

「田村麻呂殿にか」

「ああ」

「空海、それは何か意図があっての事なのか」

逸勢が言うと、梨佳は頷いた。

「そうです。空海様。名のある武将と尚侍。たしかにそぐわぬ取り合わせです。でも薬子様は平城上皇の思い人。朝廷の重臣である坂上様とお話がある事もあるでしょう。あまり詮索が過ぎると、かえって空海様によくないお気持ちを抱かないとも限りませぬ」

「そうだぞ空海」

逸勢が言った。

「思えば田村麻呂殿はお前を帝の命から降ろそうとして最澄を引っ張り出した男ではないか。お前に対して面白くない気持ちを抱いているに違いない」

「それは何故だ」

逸勢は返答に詰まった。

「もしかしたら……」

空海の眉間に深い皺《しわ》が寄った。

「俺はとんでもない勘違いをしていたのかもしれない」

「なに」

「もしそうなら」

「いったいどうしたというのだ」

「とんでもない人物だな」

「誰のことを言っているのだ」

「田村麻呂だ」

「田村麻呂殿が……」

逸勢は、空海の言った事の意味が判らなかった。

「田村麻呂殿が、どのように、とんでもないというのだ」

「それを確かめてみたい」

「空海……」

空海は今度は梨佳に顔を向ける。

「梨佳殿の気持ちは有り難い。それに逸勢。お前の気持ちも。だが田村麻呂が頻繁に薬子の下を訪ねたことを聞いて、俺の頭にある考えが浮かんだのだ。それを確かめないことには、帝への報告はできぬ」

空海の目には強い光が浮かんでいる。

「それがお前の身を危うくするかもしれないのだぞ」

「だがいったん引き受けた仕事を放り出すわけにはいかねえ」

「判った」

こうなったら空海が後には引かないことを逸勢は知っていた。

「俺もつきあうよ」

「逸勢」

「気にするな。一緒に唐に渡った仲じゃないか」

そう言うと逸勢は空海の肩を叩いた。

＊

翌日、空海と逸勢は、坂上田村麻呂の屋敷を訪ねていた。

田村麻呂は慇懃《いんぎん》な態度で二人を迎えた。顔には温和な笑みを湛えている。だがその顔には、猛将の風格とでも言うべき、誰をも恐れぬ余裕が感じられる。

「突然のお訪ね、失礼つかまつる」

逸勢が言った。

「これは橘殿。空海殿。御用向きはあの事ですかな」

「そうだ」

空海が大きな声で返事をする。そのままズカズカと屋敷内に足を踏み入れる。

「お待ちなさい」

珍しく田村麻呂が怒気《どき》を含んだ声を出した。

「無礼ですぞ。いくら帝からの命を受けているとはいえ、ここは他人の屋敷。勝手に入りこむのは礼を失している」

「気を悪くしたのなら謝る」

空海は即座に言った。

「だが俺は誰の家でもこんなものだ」

田村麻呂が大きな溜息をついた。空海のやりように呆れ、かつ諦《あきら》めたのだろうか。

空海は畳の間にすでに坐っている。仕方なく田村麻呂がその前に坐り、逸勢を呼び寄せた。逸勢は田村麻呂に呼ばれて初めて空海の隣に坐る。

田村麻呂が手を叩くと、家の若い者がやってくる。

「香を」

田村麻呂が言うと、若い者は頷き、去っていった。

「早速だが坂上殿。訊きたい事があるのだ」

「さて」

田村麻呂はすでに笑みを取り戻している。

(大したものだ)

逸勢は感心した。空海に無礼な振る舞いをされ、いったんは怒りを露わにしたのだ。普通ならその怒りはなかなか収まらぬであろう。それがあっという間に態度を改めている。

(この辺りの度量が、蝦夷を討伐できた所以《ゆえん》なのだろうか)

逸勢は田村麻呂の笑みを見つめた。

「薬子殿の身辺を調べているのかと思っていたが、いったい儂に何を訊くことがあるのか」

「薬子の身辺を調べていたさ。ところがその中で、薬子のもとを坂上殿が頻繁に尋ねていたことが判ってな」

空海も不敵な笑みを浮かべて田村麻呂を見つめる。田村麻呂と空海が見つめ合っている。

「頻繁に……」

田村麻呂はそう言って、言葉を切った。

「それはどうかな。たしかに訪ねはしたが、頻繁と言うほどでもないと思うが」

「まあいい。だけどいったいどうして名だたる武将のお前さんが尚侍である薬子を訪ねたりしたんだい」

「空海」

逸勢が空海の袖を引いた。

「征夷大将軍をお前さん呼ばわりはないだろう」

「かまわぬ」

田村麻呂が言った。

「その代わり、儂が薬子殿のもとを訪ねたのは帝には関わりのないこと。余計なことをお耳に入れて気を煩わしたくはない。その事は内密に願いましょうか」

「判りました」

逸勢が素早く答えた。

「それに尚侍といえども薬子は平城上皇の思い人だった女子。そこいらの女官と同じには考えることはできぬだろう」

「平城上皇の思い人だったさ。だがお前さんは帝の臣下。すでに譲位した平城上皇とは関わり合いはない筈」

「これは異《い》な事を申す」

田村麻呂は小さな笑い声を洩らした。

「神野帝が即位する前は、儂は平城上皇に仕えていたのだ」

「だったら平城上皇を訪ねるのは判る。だがお前さんが訪ねたのは平城上皇ではなく、その愛人の薬子だ」

田村麻呂の目が、幽かに細くなった。

「いったい薬子に何の用があったのだ」

田村麻呂は答えない。

（空海は何を言いたいのだろう）

逸勢には判らなかった。

「お前さんは、ある意図《いと》を持って薬子に近づいた」

田村麻呂が答える前に、また空海が口を開く。

「坂上殿。その意図とは」

「香を嗅ぎに行ったのですよ」

「香だと」

「儂には香の趣味があってな。薬子殿もそうだった」

薬子には薬の知識があった。香もその類なのだろうか。

「お互いに、よい香を手に入れることを競い合っていたものです。だから訪ねた。薬子殿の方から儂を訪ねてきたこともあった」

そういう事か。空海にどの様な思惑があったのかは知らないが、田村麻呂になんら怪しいところはなかったのだ。逸勢は空海の早とちりを恨めしく思った。

「ご主人様」

若い者の声がした。

「入れ」

襖が開き、家の若い者が香炉を持って入ってきた。それに田村麻呂は、丁寧に火を点けた。香の匂いが漂ってきて、心が落ち着く思いがする。

「いかがですかな。天竺《てんじく》から取り寄せた桂皮《けいひ》ですよ」

そう言うと田村麻呂は満面の笑みを浮かべた。

「だがどうもおかしい」

香の匂いなど頭にないように、なおも空海は食い下がった。

「何がおかしいと申されるのか」

「お前さんは俺を外そうとした」

田村麻呂の目がギラリと光った。

「帝が俺を頼んで命を発したのに、お前さんはそれを嫌い、最澄と入れ替えようとした」

田村麻呂は笑った。

「気を悪くしたのなら謝ります」

さきほど空海が言ったようなことを、今度は田村麻呂が口にする。

「しかしそれは仕方がありますまい。どちらが帝の命をよく遂行する事ができるか。それを考えた上での事です。失礼ながら空海殿よりも最澄殿の方が適任だった。だから帝に最澄殿を薦めたまでです」

「どうかな」

空海は田村麻呂の言葉を信じていないようだ。

「最澄は生真面目で堅物だ。たしかにその知恵と才は疑いようもねえが、薬子のような妖しげな女の悪事を暴くには適任とは思えねえ」

「何を仰る」

田村麻呂が真顔《まがお》になった。

「現に最澄殿は、空海殿が行った請雨の法の絡繰《からく》りを見破ったではないか」

そうだった。逸勢はあの時の事をまざまざと思い出した。

「のみならず、空海殿の粥炊きの絡繰りも暴いた。さらに空海殿が見破れなかった薬子殿の幻術をも見破ったのだ」

五体の大仏を消し去った幻術……。

「これ以上の適任者がいようか」

「俺や薬子の絡繰りなど、理詰めに考えれば判ることだ」

空海はめげていない。

「だが男女の機微《きび》となると」

「そのようなものが此度の命に要りますかな」

「それは判らねえさ。だがな、今度の騒動は、平城上皇と薬子の間から起きた事。そこには理屈では割り切れねえ、ドロドロとした人の気持ちが絡んでいるように思えるのさ」

田村麻呂と空海は見つめ合った。

「俺ならその辺りの機微にも通じているつもりだ。それをお前さんも判っていて、嫌った」

「何の事やら」

「何故だ。お前さんはどうして真相を暴かれるのを恐れた」

「無礼ですぞ」

田村麻呂の目に、不気味な光が宿った。逸勢は、その目を見て背中がゾクリと震えた。

(蝦夷を打ち破った男が、遂にその本性を現した)

空海は初めから、その本性から生じた秘密に気づいていたのだろうか。

「いくら帝の命を受けた空海殿でも、これ以上の詮索は無礼。お引き取り願いましょう」

「もしかしたら」

空海は立ち上がる気配を見せない。

「真の下手人《げしゅにん》は」

「黙らっしゃい」

田村麻呂がピシリと言った。襖が開き、家の者が数人、部屋の中に入ってくる。

「空海」

逸勢の呼びかけに、空海は返事をしない。

「お帰りだ」

田村麻呂が言うと、家の者たちが空海と逸勢を取り囲んだ。ようやく空海が重い腰を上げる。

「坂上殿」

立ち上がった空海が言った。

「どんな真相が見えようと、俺はその真相を帝に報告するぜ」

空海は部屋を出て行った。その後ろ姿を、田村麻呂が険しい顔で見ていた。

八

川を渡り、楓や欅《けやき》が生《お》い茂る高雄山の山道を登っていくと、やがて楼門が見えてくる。

高雄山寺である。

金堂を右手に見て、空海《くうかい》が高雄道場と呼ぶ庵をも過ぎると、崖があり、そこで眼下の木々や向かいの青い山々の連なりが見渡せる。

逸勢《はやなり》はその景色が好きだった。

空海と逸勢は今、その崖から景色を眺めていた。

空海は手に団子が盛られた器を持っている。

「どういう事だ空海」

逸勢は空海の持つ器から団子を摘《つま》みながら尋ねた。

「お前は坂上《さかのうえ》様の屋敷で〝真の下手人は〟と口走ったな」

「ああ」

空海は団子を頬張《ほおば》りながら答える。

「あれはどういう意味なのだ。此度の叛乱を企てたのは平城《へいぜい》上皇だが、それは薬子《くすこ》殿に心を操られてのこと。つまり真の下手人は薬子殿」

「うむ」

「それはもう判っている事ではないか」

空海は答えない。

「俺には一つ考えがあるのだ、空海」

「何だ」

「薬子殿が嵐山を消した絡繰《からく》りについてだ」

「ほう。その絡繰りがお前には判ったというのか」

「判った気がするぞ」

逸勢は勢いこんで言った。

「聞こうか」

「平城上皇は、絵を見せられていたのではないか」

「絵だと」

「ああ。平城上皇は、庭先を見て、そこに嵐山がない事におどろかれた。だが、その景色が、総て絵だとしたら」

「嵐山のない景色の絵を見せられたというのか」

「そうだ。これなら嵐山を消し去る事ができるぞ」

「しかし本物の景色と見分けがつかぬほどの絵を描く絵描きなどいるかな」

「一人いるのだ」

逸勢の思い描いている人物は、藤原冬嗣《ふゆつぐ》の妹、梨《り》佳《か》だった。いつか冬嗣邸に赴いたとき、庭先で梨佳が絵筆を走らせているのを見た事がある。そのあまりの達者《たつしゃ》さにおどろいたものだ。

「薬子と梨佳殿が一味《いちみ》だというのか」

「二人とも平城上皇に仕える者だ」

逸勢は己の考えにいささか自信があった。

「ところがだな」

空海は団子を飲みこんだ。

「地方の豪族が叛乱を企てるのなら判る。自分が天下を取ってやろうと思う輩はいつの世にもいるものだ」

「あまり大きな声で言うな」

空海の大声は地声である。

「ところが平城上皇はもともと実権を握ったまま譲位されている。今の帝にそれを冒されそうになり、危機感を抱いていたとはいえ、挙兵してまで権力を取り戻そうとするだろうか」

「だからそれは薬子殿に操られて」

「その薬子にしたところで所詮は一介の女官上がりの女子。天下を握ろうなどという大それた思いを抱くだろうか」

「薬子殿は、平城上皇と自分との仲を裂かれるのを防ぐために叛乱を起こしたのかもしれない。お前はいつかそう言ったぞ」

「うむ」

空海は前方の山々を眺めながら答えた。

「だが逸勢。事はあまりにも大きい。帝に弓を引くのだからな。おいそれと心を決められるものではない」

「何が言いたいのだ」

「薬子もまた操られていたのではないか」

「なんだと」

「そう思えるのだ」

「莫迦《ばか》な」

逸勢は吐き捨てるように言った。

「薬子殿の力をお前は身を以て知っているだろう。薬子殿の幻術にお前は敗れたのだ。お前ほどの男を破る薬子殿を、操る事などできぬだろう」

「どうかな」

空海は最後の団子を摘んだ。

「もし薬子殿が操られていたというのなら、いったい誰が操っていたというのだ」

空海は最後の団子を頬張る。その横顔を見ながら、逸勢は坂上田村麻呂《たむらまろ》の屋敷での空海の言葉の数々を思い出した。

「まさか」

「そのまさかよ」

空海は団子を食い終わった。

「藤原薬子は坂上田村麻呂に操られていた」

逸勢は驚きのあまり、言葉を発する事ができなかった。

空海と逸勢の前を、鴉《からす》が二羽、飛んでいく。

「なぜだ」

ようやく逸勢は、言葉を発した。

「なぜ坂上様が薬子殿を操らなければならぬのだ」

「判らぬ」

空海は眉間に皺を寄せる。

「だが、尚侍《ないしのかみ》である薬子が、普通なら絶対に思いもしないであろう帝への叛乱を、平城上皇を操ってまでも企てた事。叛乱の前、田村麻呂が、用もないと思われる薬子の下を、頻繁に訪ねていた事。そしてその田村麻呂が、帝の命から、何故か俺を外そうと画策していた事。それらの事を考え合わせると、田村麻呂が薬子を操っていたという図が見えてくるのさ」

「しかし」

「それに、何故、田村麻呂は清水寺に盛んに通い始めたのか」

叛乱の後、田村麻呂が清水寺に日参しているのは周知の事だった。

「それはおそらく、薬子の霊を鎮《しず》めるためではないのか」

帝への叛乱の咎《とが》を、薬子一人に被せた事による恨みを鎮めるため……。

「それでは帝に弓を引いたのは、本当は坂上様だというのか」

「ああ」

空海は即座に答える。その口調に迷いはない。

「信じられぬぞ」

「俺もだよ」

空海は空《から》になった器を持ったまま、山々を見つめている。

「大変な事だぞ、それは」

「そうだな」

「人ごとみたいに言うな」

逸勢は険しい顔で前方の山々に目をやる。

「もしそうだとしたら、何故だ。何故、坂上様は帝に弓を引いたのだ」

「判らぬ」

「坂上様は立派な人物だ。名のある武将だぞ。征夷大将軍であり、蝦夷《えみし》の族長で、恐ろしいアテルイをも降伏させた猛将だ。その坂上様が」

そこまで言って逸勢はハッとした。

(坂上様は、都を離れ、遥か北の地で、蝦夷と戦った。それは今までのどの戦いよりも厳しい戦いだったに違いない。なにしろ相手は得体《えたい》の知れぬ蝦夷だ)

その戦いに田村麻呂は勝利した。

(その事が……)

逸勢は考えを巡らす。

(その事がかえって坂上様に、天下を狙う気持ちを植えつけてしまったとしたら……)

崖の上に突風が吹いた。逸勢は思わず目を瞑る。

「空海」

「何だ」

「蝦夷を倒した事で、坂上様の心に慢心が芽生えたとしたら。自分が天下一なのだという思い上がりが芽生えたとしたら」

「恐ろしい事だな」

だとしたら、自分が天下一になるために、帝に弓を引く事も考えられる。

「それに田村麻呂は、実際に戦になっても勝つ自信はあったのかもしれぬ。だが万が一負けたときのために、薬子のせいにして逃げ道をも用意しておく。用心深い田村麻呂なら、そのぐらいの事は考えるかもしれぬぞ」

すっかり逸勢は、空海の考えを受け入れていた。

「空海。帝に弓を引いた真の下手人が坂上様だというお前の考え。俄《にわか》には信じられぬ大それた考えだ。いくらお前の言葉でも信じられぬ。だが俺はお前の、物事の真実を見抜く類い稀な能力を知っている。今度も、お前を信じる事にしよう」

「だがな」

空海は少し声を低くした。

「なぜ田村麻呂がその気になったのかは判らぬのだ」

「だからそれは自分が天下を取りたくなったためだろう」

「それなら薬子のせいにせずに堂々と名乗りを上げて弓を引けばよい。それが武将というものだ」

「それは……」

「だが田村麻呂は、自分を隠し、薬子を操った。自分を隠したその訳が判らぬのだ」

空海の言葉を聞いて、逸勢も考えこんだ。田村麻呂はなぜ薬子を操ったのか。

空海は崖の上から、持っていた器を放り投げた。器は崖下の、いちばん見事な楓の木の幹《みき》に当たった。

「ほう。空海。運が向いてきたかもしれぬな。お前の投げた器が見事に木に当たった」

「あれは狙ったのだ」

「狙っただと」

「ああ」

「あんな遠くの木に狙って当てられるのか」

「俺はうまいんだ」

そう言うと空海は、落ちている土器《かわらけ》を拾った。

「後ろ向きで当てる事もできるぞ」

「まさか」

「本当だ」

空海は崖に背を向け、土器を投げた。土器は再び楓の木の幹に当たった。

逸勢は呆気にとられて空海を見た。

「俺は若い頃、山で修行をしていただろ。暇なときには石を投げて遊んだものよ。その時に覚えたのだ」

逸勢は投華得仏の事を思い出していた。唐で、恵果《けいか》から灌頂を授かったとき、空海の投げた花は二度までも大日如来像の上に落ちた。

「まさか……」

「深く考えるな」

空海が投華得仏で投げた花が大日如来像の上に落ちたのは、狙って投げた結果なのか……。

逸勢は頭が混乱してきた。

「判らぬ」

そう言うと空海は何食わぬ顔でまた土器を崖から投げた。

*

上毛野穎人《かみつけぬのかいひと》は狡猾《こうかつ》そうな目で空海を見つめた。

その目を見て逸勢は、気に食わない男だ、と思った。だが、穎人は平城上皇とも帝とも親しい男だから、話を聞いておく必要がある。二十六歳と若いが、世渡りはうまいのだろう。

「空海殿と橘殿が並んでお訪ねとは、いったいどのようなご用件でしょうか」

穎人は不敵な面構えをしている。整った、若い女に騒がれそうな容貌をしているが、どこか悪の匂いも漂わせているのだ。

「実は坂上田村麻呂殿の事だ」

「坂上……」

穎人は不審げに眉間に皺を寄せた。

「坂上殿が何か」

「坂上殿と帝との間に、何か蟠《わだかま》りがなかっただろうかと思ってな」

空海の言葉を聞くと、穎人は考えこんだ。

「はて。仰る言葉がよく判らぬが」

「裏はない。そのままの意味だ。坂上田村麻呂殿と帝との仲を知りたいのだ」

「ますます判らぬ事。坂上殿は帝の臣下。それだけではござらぬか」

「そうだが、その事に坂上殿は満足していたのか」

穎人の目がギラリと光った。

「滅多な事を言うものではないと思うが」

「これは帝自らが命じた事なのだ。すべてを明らかにせよと」

空海の言葉を聞くと、穎人は軽く溜息を洩らした。

「仰る通り、坂上殿の帝に対する気持ちは、尋常なものではなかった」

穎人が大事な事を話そうとしているようだ。

「尋常ではない。坂上殿は、帝に心酔《しんすい》していたのだ」

「なに」

「そうだ。尋常でないぐらい心酔していた。だから帝に対して弓を引くなどとはあり得ぬ」

逸勢は頭が混乱した。田村麻呂は帝から天下を奪おうとしていたのではなく、逆に帝に心酔していたとは。

(だが、この男が嘘を言っているかもしれぬ)

逸勢は騙されないぞと身構えた。

「私もその気持ちはよく判る」

穎人はなおも言葉を続ける。

「帝は誠に光り輝くおかた。あのかたの為なら命をも投げ出したくなる」

穎人の目は輝いている。

「上毛野殿もそう思っているのか」

「そうだ。帝のあの輝くような顔《かんばせ》を見ていると、このかたのためなら何でもしようと思える」

「ふむ」

空海が腕を組んだ。

「坂上殿とて、同じ気持ちであろうよ」

「そうか」

空海は立ち上がった。

「邪魔したな」

空海はサッと穎人の館を出て行った。

*

高雄山寺に帰る途上の渓流の脇に、大きな岩がある。

臼《うす》が押し潰されたようなゴツゴツとしたその岩の中程が平《たいら》になっている。空海はこの岩を気に入って、岩に坐って経を唱えたり、平らな所で墨《すみ》を擦ったりしているのを逸勢は見た事がある。

二人はこの岩の平になっているところに並んで坐った。

「どう思う」

逸勢は首を捻りながら空海に尋ねた。

「空海。上毛野穎人の言葉は、どうも嘘とは思えぬ」

「ああ、俺もそう思うぜ」

「だとすると、坂上様が帝に心酔していたという穎人の言葉も、真実という事になる」

「うむ」

「それとも、それは穎人の見込み違いという事だろうか」

「いや、それはねえだろう」

空海は岩の窪みに落ちている楓の葉を摑んだ。

「上毛野穎人。あの男、たしかに曲者《くせもの》だが、それだけに人を見る目を滅多に誤るような男ではない」

「芝居《しばい》という事もあるぞ」

「穎人の目を見たか」

「ああ。何かに陶酔しているような、異様な光を発していたな」

「そうだ。あの男もまた、帝に心酔しているのよ。

心酔している者は心酔している者を知る。穎人だからこそ判る田村麻呂の心の内という事だ」

「ふむ」

「あるいはあの男が、平城上皇の動向を、帝に伝えていたのかもしれぬな」

「なんだと」

「考えればそう不思議な事でもない。穎人は平城上皇にも帝にも近しかった。だが穎人が心酔していたのは、帝の方なのだ。だとしたら、穎人が平城上皇に近づいたのは、帝の命によっていたとしても不思議はねえだろう」

逸勢は考えこむ。

「たしかにそうかもしれぬな。だがその穎人が、坂上様も帝に心酔していたと断言したのだ。だとすると、お前が言っていた、坂上様が薬子殿を操って帝に弓を引いたという推量が、間違っていた事になる」

「そうだな」

「また一からやり直しか」

「いや」

空海は何かを考えている。しばらく言葉を発しない。

「どうした」

なおも険しい顔をしている。

「空海」

「まさか……」

空海は楓の葉を握りつぶす。

「いったい何を考えているのだ」

「田村麻呂もまた操られていたとしたら」

「なんだと」

逸勢は絶句した。

「だとしたら田村麻呂が帝に弓を引いたことにも納得がいく」

「馬鹿な事を言うな。いくら坂上様が操られていたとはいえ、心酔している帝に弓を引くような事をするわけがない。それが穎人の言葉で判ったのではないか」

「しかし薬子が田村麻呂に操られていた事も、今や確かな事と言っていいかもしれぬ。そうなると、帝に心酔している田村麻呂が、自分一人の考えで薬子を操り、帝に弓を引くなどとはそれこそ考えられぬ」

「だったら、いったい坂上様は、誰に操られていたというのだ」

坂上田村麻呂をも操る事のできる人物……。

「曼荼羅《まんだら》だ」

「え」

「総ては曼荼羅なのかもしれぬ」

「どういう事だ」

「曼荼羅とは、世の中の総ての事が円となり連なり、巡っているという事だ。平城上皇を薬子が操り、その薬子を田村麻呂が操り、さらにその田村麻呂を、何者かが操っていた。すなわち、総てが曼荼羅なのだ」

空海は岩の上に坐っている。逸勢はその周りに、大勢の仏たちが取り巻いているような錯覚に陥った。

(空海を巡る曼荼羅……)

曼荼羅の中心は、宇宙の真相を表す大日如来だ。逸勢には、空海が大日如来に重なって見えた。

「しかしいったい誰が坂上様を操っていたのだ」

空海は坐ったまま目を瞑った。

*

以前、一度話を聞いた平城上皇の侍従の家を、空海はもう一度、訪ねた。

「これは空海様」

男は丁寧に頭を下げる。

「たびたび済まねえ。だがあれからいろいろ判ってな。さらにもう一度お前さんたちにも訊いてみようと思ったのだ」

また同じ場所に戻ってきた。これも曼荼羅か。

「もう話す事は残っていないと思いますが」

「思い出してくれ」

そう言うと空海は数珠《じゅず》を手に取り、経を唱えだした。


――若有聞此清浄出生句般若理趣及至菩提道場。


真言《マントラ》である。

空海が真言を唱え始めると、男はそれを不思議そうに眺めていたが、やがて真言の荘厳な雰囲気に巻きこまれたのか目を瞑った。

男は段々と頭を垂れる。空海の真言は一定の調子を保ちながら繰り返される。逸勢がふっと眠気を覚えたとき、経が止まった。

男が目を開ける。

「何か思いだしたかい」

「そういえば」

男が突然思い付いたかのように口を開いた。空海の真言には、人の頭の中にある眠っていた思いを呼び覚ます働きがあるのかもしれぬと逸勢は思った。

「上皇様から、おかしな話を聞いた事を思い出しました」

「おかしな話だと」

「いえ。大した事ではありませぬ」

「かまわぬ。どんな事でも聞きたいのだ」

「それでは」

男は咳払いをした。

「ある時、上皇様が女官の一人に、藤原梨佳殿を呼ぶように命じたときの事」

「うむ」

「その女官は、藤原梨佳殿を知らなかったそうです」

男の言葉を聞いて、逸勢はいささか気落ちした。

平城上皇に仕える女官は大勢いる。その中には辞める者もいれば新しく仕え始める者もいるだろう。その中で、女官同士が名前を知らないとしても、さして不思議とも思えぬ。

「そのような事は言わなくてよい」

逸勢は不機嫌な口調で言った。

「すみません」

男は何度も頭を下げた。

「いや、謝るには当たらねえ」

「空海」

「どんな事でも教えてほしいのだ」

男は顔を上げる。

「平城上皇に仕える女官の中に、藤原梨佳殿を知らない女官がいたのだな」

「その通りです。そのような事を上皇様が仰っておられました」

「その女官の名前は判るか」

「いいえ」

男は頭を振った。

「上皇様も、その女官の名前までは覚えていないようです」

「ふうむ」

空海は腕を組んだ。

「空海。行こう。大した事ではないだろう」

逸勢に促されて、空海も男の家を辞した。

逸勢と空海が去った後、男が呟いた。

「変だな。この間来たおかたも、同じ事を訊いていった。その時も私は知らず知らずのうちに今と同じ事を答えたような気がする。いや、気のせいかな。近頃どうも物忘れが酷い」

男はそう独り言を言うと家の中に戻った。

*

翌日、空海と逸勢は再び藤原冬嗣邸に向かって歩いていた。藤原梨佳に話を聞くためである。

「なにもあんな男の、取るに足りぬ話を真《ま》に受けなくてもよさそうなものを」

逸勢は、昨日訪ねた男の話をしている。

「そういう訳にはいかぬ。どんな些細《ささい》な事でも、確かめなくてはな」

「女官の一人が藤原梨佳殿を知らなかった事に、なんらかの意味があると思っているのか」

「何か引っかかるのだ」

「まさかお前は、平城上皇邸に間者《かんじゃ》が入りこんでいたと考えているのじゃないだろうな」

空海の考えでは、上毛野穎人も、帝が平城上皇の下に送りこんだ間者という事になる。その帝が女官の一人や二人、送りこんでいたとしても不思議はない。

二人は冬嗣邸に着いた。冬嗣は留守だったが、梨佳がいて、二人をもてなした。

「実は妙な話を聞いてな」

空海が胡座を組みながら訊いた。

「なんでしょう」

「うむ。平城上皇に仕えるある女官が、お前さんの事を知らなかったそうだ」

「わたくしの事を……」

梨佳は思案を巡らす。

「その女官は誰でしょう」

「さあ。名前までは判らねえそうだ」

「はて」

梨佳は小首を傾げた。

「わたくしはすべての女官を知っております」

「その中で、お前さんの事を知らない奴はいそうかい」

「いないと思いますが」

　空海と逸勢は顔を見合わせた。

「それはおかしいな」

「空海。その女はやっぱり間者か」

　梨佳が逸勢を見た。

「その事と、平城上皇の叛乱とは、やっぱり関わりがありそうだな、空海」

「梨佳殿」

　空海が改まった口調で言った。

「前にも訊いたが、もう一度訊く。平城上皇に関して、何か変わった事はなかっただろうか」

　そう言うと空海はまた真言を唱えだした。

――在於欲界他化自在天王宮中一切如来常所遊処。

　梨佳はその真言に一心に聞きいる。

　やがて真言を唱える声が止む。

「上皇様はお疲れの様子でした」

　梨佳が口を開く。

「そんな些細な事でも良いのですか」

「ああ。教えてくれ」

「ある時、上皇様はわたくしに〝お前は誰だ〟と仰ったのです」

「お前は誰だ……」

「はい」

「平城上皇は、当然、お前の事を知っているのだろう」

「勿論です。私は長年お側近くお仕えしております。だから相当お疲れだと思ったのです」

「それでお前はどうした」

「別の女官に言って、上皇様がお休みになるよう、褥《しとね》を用意させました」

「平城上皇はどうした」

「一日お休みになられたら、お疲れも取れたご様子。もうわたくしの事を見誤るような事はありませんでした」

空海は無言で腕を組んだ。

「空海。どういう事だろう。今の話になんらかの意味があるのか」

「判らぬ」

空海は即座に答える。

「だが、意味がありそうだぞ」

「うむ」

「お役に立てたでしょうか」

「おそらくな」

そう言うと空海は立ち上がり、部屋を出て行った。

*

藤原梨佳の下を訪ねて以来、空海は高雄山寺の庵に閉じこもってしまった。

逸勢が訪ねても会おうとしない。逸勢は困り果てた。帝から命ぜられた期限が近づいているのだ。それなのに空海は調べ回るのをやめてしまった。ただ庵に閉じこもっているばかりなのだ。

聞くところによると最澄は、精力的に関係者から事情を訊いて回っているらしい。

(あの最澄が本気になれば、おそらくできぬ事など一つもない。今にきっと平城上皇が謀反を起こそうとした真相を暴くに違いない)

それなのに空海は……。

逸勢は空海の庵の前に立ち尽くした。

(だが、今日はなんとしても空海に会おう)

逸勢はそう決めていた。このままでは空海はただの乞食《こじき》坊主だ。

「邪魔するぞ」

大声でそう言いながら逸勢は空海の庵の戸を開いた。

中に入ると、逸勢はギョッとした。暗闇の中に空海が胡座をかいていた。

食事を摂《と》っていないのか、痩せ細り、頬はこけ、髭が伸びている。目だけがギョロリと大きくなっている。だがその目にも生気は感じられない。

「どうしたのだ空海」

空海は逸勢に目を向けた。

「食事をしていないのだろう。儂が何か食べるものを持ってきてやろう」

「いらぬ」

ようやく空海が口を開いた。

「そう言うな。食べなければ死んでしまうぞ。帝の命どころではない。今は躰を元に戻す事だ」

逸勢は空海の痩せ細った躰を見ながら言う。

「あれからずっと考えている」

「何か判ったのか」

「判らぬ」

逸勢は溜息をついた。

「お前がこんなに苦しむのを見るのは初めてだ。いつもの軽口はどこへいった」

それだけ不可解な出来事なのだ。平城上皇と薬子が起こした叛乱は。

「空海。お前が苦しむのも判らぬでもない。平城上皇が女官の一人に〝藤原梨佳はどこだ〟と尋ねたとき、女官は藤原梨佳殿を知らなかった」

「ああ」

「逆に梨佳殿が平城上皇に会ったとき〝お前は誰だ〟と言われた」

「うむ。訳が判らぬ。まるでこの世に、藤原梨佳殿という女子がいないかのような成りゆきだ」

「そうだな。だが空海。難しく考えすぎているのではないか。女官はたまたま梨佳殿を知らなかっただけで、平城上皇はたまたま疲れていただけかもしれぬではないか」

「だが梨佳殿は、女官の一人が自分を知らぬなどとは考えられぬと言ったのだぞ」

「だったら帝が放った間者が平城上皇の宮殿に紛れこんでいたのだろう」

「平城上皇が梨佳殿を知らぬと仰ったのはどうだ」

「それもやはり梨佳殿の言うように、疲れていただけだろう」

「そんな事はねえ」

躰は痩せているが、その声までは衰えてはいない。

「常に上皇の側についていた女官を、たとえ疲れていたとしても見誤るなどという事があるわけがねえ」

「だったらいったいどうして上皇はそのような事を仰ったのだ」

「それが判らぬのだ」

「まるで」

そう言ってから逸勢はゾッとした。

「どうした」

「いや、まるで平城上皇が、薬子殿に黄泉の国に連れていかれたようだと思ってな」

「黄泉の国……」

「あの女は魔物だ。もしかしたら本当に、生身の人間じゃないのかもしれぬぞ」

薬子は幻術を自在に操っていた。もし薬子が魔界の住人なら、平城上皇を操り、叛乱を起こさせる事もできるのではないか。

「黄泉の国なぞない」

空海が言った。

「何か絡繰りがある筈なのだ」

「絡繰りとは」

「それが判らぬ。だが、途轍《とてつ》もない絡繰りがあるような気がしてならぬのだ」

「どこに絡繰りがあるというのだ」

「総てにだ。薬子にも、そして薬子の周りにも」

「曼荼羅か」

「曼荼羅……」

「お前が言ったのではないか。総ては曼荼羅だと」

「そうだった」

空海が目を瞑った。

「曼荼羅か」

空海は目を開く。その目には生気が感じられる。

空海は立ち上がった。

「空海、お前」

「出かけてくる」

「どこへ行くのだ」

「曼荼羅を見に行くのよ」

「え……」

「ついてくるな」

そう言うと空海は、痩せた足で庵を出て行った。

九

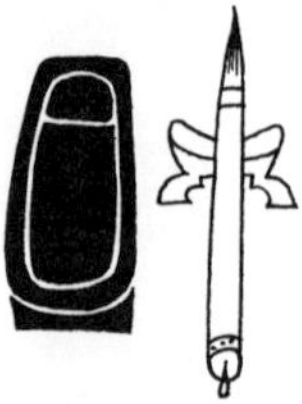

野山を歩いた。船に乗り、海辺も歩いた。常人を遥かに超えた脚力の持ち主である空海が、歩き通しに歩いた。歩いて歩いて、今、室戸《むろと》の岬に来ていた。

（ここだ）

土佐《とさ》の国、室戸。目に入るのは、ただ空と海ばかりである。

空海は空を見上げた。次第に目を海に向ける。

（空と海。そこにこそ総てがある）

海岸は砂ではなく、荒く険しい岩である。辺りに人の姿は見えない。土地の漁師でさえ近づかない辺境の地だ。

空海は岩を伝い、海縁《うみべり》の洞窟《どうくつ》に降り立った。腰をかがめてようやく入る事のできるほどの洞窟である。

空海は洞窟に入ると、空と海がかろうじて見える場所に胡座をかき、目を瞑ると真言を唱え始めた。

——種種間錯鈴鐸繪幡微風揺撃珠曼瓔珞半満月。

空海の声の他、聞こえるのは風と波の音ばかりである。

空海は一心に真言を唱え続ける。

夕刻から唱え始めたが、すでに日は沈み、辺りは真っ暗闇となった。それでもなお空海は真言を唱える事をやめない。

やがて……。

幽かに空の色が変わり始めた。いつしか夜明けが近づいているのかもしれない。空にはまだ星が輝いているが、そのうちの光の弱いものは姿を消しつつある。

空海はまだ真言を唱え続けている。

一つだけひときわ大きく、明るく、輝き続ける星があった。明星《みようじよう》である。

風が強くなる。突風が吹き荒れる。波が大きくうねっている。

空海は目を開いた。

風と波の遥か上に明星が見える。

すると、不思議な事が起こった。明星が、みるみる大きくなっていくのだ。

(これは……)

明星が空海に近づいてくる。だから大きく見えてくるのだ。

明星はぐんぐんと空海に近づき、大きくなり、明るさを増す。

空海にぶつかりそうになる。

「あ」

思わず空海は声をあげた。その口の中に、明星は飛びこんだ。

空海は、自分が明星と一体になった事を感じた。

「明星来影す」

思わず口走っていた。

明星は虚空菩薩の化身《けしん》……。

(俺は仏と一体になったのだ)

いつの間にか風が止み、波が消え、空と海が穏やかな顔を見せている。

体中に清水が流れ回るような鮮烈な感覚に囚われる。

——藤原梨佳《ふじわらのりか》とは誰でしょうか。

平城《へいぜい》上皇の女官が言ったという言葉。

——お前は誰だ。


平城上皇が藤原梨佳本人に言った言葉。

空海の頭の中に光が溢れた。あらゆる事が自明《じめい》に思える。

（絡繰りが解けた）

これは、とんでもない絡繰りだ。途方もない事だ。

（信じられぬ）

まさかこのような事が……。

それは空海の想像をも遥かに超えた出来事だった。今それがハッキリと見えたのだ。

（このことを、帝に告げなければならぬ）

それも、誰にも知られずに。

空海は立ち上がった。空海の躰の中に入った筈の明星が、再び空に輝いていた。

＊

空海は土佐の国、室戸岬から何日もかけて京に戻ってきた。

衣服はさらにボロボロになり、髪と髭は伸び放題、日に焼け、足には泥がこびりついている。

だが空海は、一刻も早く帝に真実を告げようと、その姿のまま逸勢にも会わずに内裏を訪ねた。

「帰れ帰れ」

内裏の門で番人二人に、杖《つえ》で阻《はば》まれた。

「ここはお前のような乞食坊主の来るところではな

い」

「帝に会わせろ」

「巫山戯《ふざけ》るな」

番人は杖を空海の胸に当て押した。空海はその杖を摑んだ。

「何をする」

「俺は帝に会わなければならぬのだ」

「人を呼んでこい」

一人の番人がもう一人に言った。言われた番人はすぐに門の中に入っていった。

やがて番人が戻ってきた。数人の侍を連れてきている。その中に顔見知りの藤原葛野麻呂《かどのまろ》の姿もあった。

「葛野麻呂殿。久し振りだな」

言われた葛野麻呂は初め、相手が誰だか判らなかった様子だが、すぐに空海だと認めた。

「これは空海殿」

葛野麻呂の言葉を聞いた番人二人は、ギョッとして空海を見た。

「謎が解けたぜ」

「謎とは」

「帝に命ぜられていたのだ。薬子《くすこ》の事変の謎を解けと」

「左様か」

「それについて一つ訊きたい事がある」

「何だ」

「平城上皇から、嵐山が消えた話を聞いた事はないか」

「その話か」

「あるのか」

「ああ」

「噂話か」

「いや。上皇様から直に聞いたのだ」

「間違いないか」

「当たり前だ」

「しかし平城上皇はいつも御簾の向こう側にいる。それが誠に平城上皇だったといえるのか」

「おかしな事を言うな。私は御簾越しでなく、面と向かって上皇様と話したのだ」

「そうか」

空海は深く頷いた。

「帝に会うぜ」

「しかし、その身形《みなり》では」

葛野麻呂はしげしげと空海のボロボロの服と、伸び放題の髪と髭を見る。

「空海殿。悪いが、日を改められよ」

「早い方がいい」

そう言うと空海は、番人と葛野麻呂の間をくぐり抜けた。

「あ」

葛野麻呂が止める間もなく空海は内裏の中へと足を踏み入れた。

「待ちなさい」

葛野麻呂が追ってくる。だが空海は構わずに廊下に上がった。

「誰か空海を止めろ」

葛野麻呂が叫ぶ。

空海は早足であっという間に仁寿殿に着いた。仁寿殿の襖を開ける。

中には、神野《かみの》帝と、そして立派な袈裟《けさ》を着て居ずまいを正した僧侶がいた。

「最澄《さいちょう》……」

神野帝と最澄は向かい合って坐っている。

「空海。なんだその身形は。帝に対して失礼だぞ」

最澄が落ち着いた声で空海を窘《たしな》める。

「よい」

神野帝が言った。

最澄と空海が神野帝に頭を下げる。襖の外まで空海を追ってきた葛野麻呂、侍従たちも平伏する。

「空海。中に入れ。他の者は下がって良い」

空海が仁寿殿の中に足を踏み入れた。襖が閉められた。

「旅に出ていたそうだな」

「はい。土佐まで行っていました。勿論、帝の命の答を探すため」

「ご苦労だった」

「長い間かかりました。しかしその甲斐あって答が判りました」

空海は畳に正座した。

「平城上皇には替え玉がいたんですよ」

空海は神野を見つめる。

「信じられぬ事かもしれませぬが、それが真相です」

「最澄に聞いた」

神野帝が静かに言った。

「なんですと」

「平城上皇に替え玉がいた事、今、最澄から聞いたばかりだ」

空海は耳を疑った。自分が室戸岬で、神仏と一体になったほどの高みに達して得た真実を、すでに最澄が看破していたというのか。

「空海」

最澄が口を開いた。

「躰と身形をボロボロにしてまで真実を求めたお前には頭が下がる。しかし悪いが、私は自分の寺で考えていて真実に到達したのだ。それを今、帝にご報告申し上げた」

空海は信じられぬものを見る目で最澄を眺めた。最澄は落ち着いて坐っている。その顔は涼しげでさえある。

「考えてみれば簡単な事。平城上皇の女官が藤原梨佳殿を知らなかった事。また平城上皇が藤原梨佳殿に対して〝お前は誰だ〟と言った事」

「知っていたのか」

「それぐらいは簡単に調べがつく」

最澄は落ち着いている。

「これらは総て、平城上皇に身代わりがいたとしたら説明できるではないか。いや、それ以外に説明のしようがない事」

「しかし」

「よいか空海。平城上皇の女官が藤原梨佳殿を知らなかった事は、平城上皇が言ったに過ぎぬ。つまりその時点で、平城上皇は入れ替わっていたのだ」

空海は肩を落とした。

「思えば平城上皇は多くの場合、御簾の向こう側にいらっしゃる。直に顔《かんばせ》を拝見している訳ではないのだ」

「よく謎を解いた」

神野帝が最澄に声をかける。最澄は頭を下げる。


「棺が二つあったと聞いたとき、おかしいと思ったのです」

「どういう事だ」

「はい。薬子殿の事変が起きたとき、帝の軍は平城上皇が立て籠もる平城宮を取り囲みました。その時に、棺が二つ見つかったとある者に聞いたのです」

「うむ」

「一つは薬子殿の棺。しかしもう一つの棺には誰が入ったのでしょう」

「なるほど」

「平城上皇は生きのびて出家いたしました。もう一つの棺に入ったのは、偽者《にせもの》しかないのです」

神野帝が頷く。

「偽の平城上皇なら、何とでも言える。だからこそ」

最澄は空海を見据えた。

「嵐山が消えたなどという戯言《たわごと》も言えたのだ」

「戯言だと……」

「当たり前だ。我々は平城上皇が仰った言葉だと思っていたから、その言葉に不思議を感じた。だがそれを言ったのが平城上皇ではなく、平城上皇の偽者だとしたら、その言葉は戯言に過ぎぬ」

神野帝が頷いている。

「総ては偽の平城上皇による戯言だったのだ。それで総て説明できる。藤原梨佳殿を巡る女官や平城上皇の不可思議な言葉。さらに嵐山が消えたという平城上皇のお言葉。それらは偽者による戯《ざ》れ言《ごと》だったのだ」

「総ては薬子が仕組んだ事」

神野帝が空海に向かって言う。

「薬子は平城上皇と睦《むつ》まじい仲になったと見せかけて、平城上皇をも切り捨てようとしていたのだ」

「恐ろしい女でございました」

最澄と神野帝が頷きあっている。


「空海。ご苦労だった。ゆっくりと休むがよい」

神野帝が奥の座に帰ろうと、立ち上がりかける。

「お待ちください」

空海が言った。

「どうした」

「最澄殿は、勘違いをしております」

神野帝も最澄も空海を見た。

「どういう事だ」

神野帝はまた腰を下ろす。

「曼荼羅です」

「曼荼羅だと」

「はい。曼荼羅はこの宇宙の総て。曼荼羅の中央の大日如来も宇宙。周りの仏たちも宇宙。此度の事変も、曼荼羅のように、総てが宇宙、いえ、総てが下手人だったのです」

「言っていることがよく判らぬぞ」

「平城上皇にはたしかに偽者がおりました。しかし、嵐山が消えたと仰った平城上皇は、本物の平城上皇だったのです」

「何を言う」

最澄が空海を咎める。

「本物の平城上皇だったら、嵐山が消えたなどという戯れ言を言うわけがなかろう」

「戯れ言ではなかったとしたら」

「なんだと」

「嵐山が本当に消えたのだとしたら」

神野帝が空海を見つめる。

「莫迦な」

最澄が吐き捨てるように言った。

「山が本当に消えるわけがなかろう」

「しかし薬子は五体の仏像を消したぞ。それをお前は見破ったではないか」

「仏像ぐらいなら細工ができる。小屋の中に隠せばよいのだから。しかし山を小屋の中に隠す事はできぬ」

「それを薬子はやったのさ」

空海はニヤリと笑った。

「嵐山が消えたのも、女官が梨佳殿を知らなかったのも、平城上皇が梨佳殿に〝お前は誰だ〟と訊かれたことも、総て本当の事だ」

最澄は〝信じられぬ〟といった面持ちで空海を見た。

「たった今、藤原葛野麻呂殿に確かめました。葛野麻呂殿は、平城上皇から直に嵐山が消えた話を聞かされていたのです」

「なに」

「しかも御簾越しではなく、平城上皇と面と向かっての事。よもや葛野麻呂殿が、平城上皇を見誤る事などありますまい」

最澄は低い呻き声のようなものを洩らした。

「では訊くが空海。薬子はどのようにして嵐山を消したというのだ」

　神野帝が空海に尋ねる。

「薬子は、途轍もない事を考えていたのです」

「途轍もない事……」

「はい」

「一体何だと言うのだ」

「内裏をもう一つ造っていたのです」

「内裏を……」

　そう言ったきり、最澄が絶句した。

「判らぬな。それは真《まこと》の事なのか」

「はい」

「いったいどこに内裏を造ったのだ」

「都からは離れた場所。おそらく平安京と平城京の間、それも平城京に近い辺りでしょう」

「そのような場所にもう一つの内裏を、いったい何故、造ったのか」

「もしかしたら……」


　最澄がようやく口を開く。

「もし空海殿が言った事が真《まこと》なら、薬子殿は、朝廷を乗っ取る事を考えていたというのか」

「なに」

　神野帝の顔色が変わった。

「どういう事だ、最澄」

「はい」

　最澄は、考えをまとめようとしたのか、ゆっくりと頭を下げた。

「薬子殿は本物の内裏と、まったく同じ造りの内裏をもう一つ造り、そこに帝の他、内裏に出入りする主《おも》立《だ》った貴族や女官たちに、総て身代わりを立てていた」

　さすがの神野帝も、言葉を失った。

「もう一つの内裏を造ったのは、おそらくまだ平城上皇が帝の頃でしょう。そこで平城上皇に顔立ちがよく似ている人間を探し出し、平城上皇と同じように振る舞えるように、もう一つの内裏で日夜、過ごしていた」

最澄は一旦、言葉を切ると、長い息を漏らした。

「さらに、内裏に出入りする貴族、女官たちも、すべてそれらしい人間を探し出し、身代わりとして訓練をする。本物の内裏の他に、もう一つ、まったく別の内裏ができあがっていたのです」

「そのような恐ろしい事が。薬子は、偽の内裏を、本物の内裏とそっくり取り替えるつもりだったのか」

「そういうことなのでしょう。偽の内裏で暮らす者どもは、薬子殿の一味ですから、秘密は堅く守り、また口裏も合わせましょう。しかし流石《さすが》の薬子殿も、本物とまったく同じような内裏を造ったにも拘《かか》わらず、ただ一つだけ、本物と違うところができた」

「景色だな」

「御意」

最澄は頭を下げる。

「平城京近くで、極力本物の内裏と同じような景色の場所を探したが、ただ一つ、嵐山だけがなかった。嵐山の他は、おそらくほぼ同じような景色の場所が見つかったのでしょう。だからそこに内裏を造った」

「空海」

神野帝は空海に声をかける。

「相違ないか」

「平城上皇が帝の頃は、常日頃お過ごしになる内裏の中の仁寿殿を模した部屋を造っていたのでしょう。そこに内裏に出入りする公卿や女官たちの身代わりを宛《あてが》った」

「そしてただ一つ揃えられぬものが、嵐山だったというのか」

「いえ嵐山の他に」

空海がチラリと最澄を見た。

「もう一つ、用意できない物があったのです」

「それは何だ」

「藤原梨佳殿です」

「なに」

「おそらくあれだけの美貌のお方。似た女子が見つからなかったのでしょう」

神野帝は頷いた。

「だから偽の内裏で平城上皇が女官に、藤原梨佳殿の事を尋ねたとき、偽の内裏の女官が藤原梨佳殿を知らなかったのです」

「むう」

「本物の平城上皇を偽の内裏に連れていっている間、本物の内裏には偽の平城上皇を宛っていたのです」

「一日だけ、本物の平城上皇と偽の平城上皇が入れ替わっていたのか」

「藤原梨佳殿に対し〝お前は誰だ〟と尋ねた平城上皇は、偽の平城上皇だったのです。偽の内裏には藤原梨佳殿の身代わりを用意できませんでした。だからそこで暮らしていた偽の平城上皇は、藤原梨佳殿を知らなかったのです」

それが藤原梨佳を巡る不可解な言葉の種明かしだった。

「偽の内裏には藤原梨佳殿と、嵐山の二つだけがなかった。だから薬子はその事を逆手に取り、平城上皇に〝嵐山を消し去る事ができたら謀反のお覚悟をお決めくださいますよう〟と持ちかけたのです」

「上皇は、もう一つの内裏がある事を知らなかったのか」

「そうでしょうな」

最澄が答えた。

「もう一つの内裏は薬子殿が、本物の内裏を乗っ取る為に造りあげた物。当時の帝である平城上皇には知らされていない筈」

「知られずに造れるものかな」

「造営には、薬子殿の兄、仲成《なかなり》殿が当たったものと思われます。仲成殿は遷都先の造営も任されていましたから」

　神野帝は頷いた。

「彼らは藤原式家の力を利用してもう一つの内裏を秘密裏に造っていた。そこに平城上皇を連れこんだのです。薬子殿は薬の調合に秀《ひい》でていますから、平城上皇を薬で眠らせて長い道のりをお運びしたのでしょう」

　神野帝は低い呻り声を洩らした。

「そこで目覚めたとき、庭先から外を眺めさせた。もう一つの内裏である庭からは、嵐山は見えません」

「それで平城上皇は、嵐山が消えたと思ったのか」

「はい」


　いつも暮らしている内裏と、寸分違わぬ造りの偽の内裏。眠り薬を飲まされて偽の内裏に連れていかれた平城上皇は、そこから庭先を見た。勿論、庭も本物の内裏と同じように造られている。広い庭に生える木の配置や、池の造り、総てが本物と同じように。だが、嵐山だけがなかった。

「いつも見えている嵐山が見えなかった事で平城上皇は驚いたでしょう。まさに消えたのです。多少、本物と違う箇所があったとしても、嵐山が消えたという衝撃の前に霞《かす》んでしまいます。さらに平城上皇は薬で朦朧《もうろう》としていたでしょう」

「それで遂に、平城上皇は謀反を決意したか」

「はい」

　最澄は平伏した。

「ご苦労だった」

　神野帝が二人の僧を労《ねぎら》う。

「これで総てが判ったな」

最澄が頷く。

「平城上皇は、天下転覆を狙う薬子殿の犠牲になったのです」

「そうじゃない」

空海が俯《うつむ》いたまま呟いた。神野と最澄は空海を見た。

「何と申した、空海」

「そうではないと」

「どういう事だ」

「薬子が平城上皇を思う気持ち。それは本物だったにちがいねえ」

空海が言う。

「何を言う空海。薬子殿がもう一つの内裏を造っていたのなら、それは謀反のためだろう」

最澄が空海に異を唱えた。

「いいや。総ては平城上皇のため。薬子はそう思っていた筈」

「莫迦な」

「それが男女の気持ちというものだ。色恋には縁のねえお前さんには判らねえだろうが」

最澄はムッとした顔を見せる。

「平城帝への男と女の気持ち。平城上皇の寵を受けた女官の顔が爛れた事件があったが、あれも薬子の仕業だろう。それほど薬子の想いは強かった。それに、力をつけた地方豪族が虎視眈々《こしたんたん》と朝廷に取って代わろうと狙っている風もある。そんな時に、もし帝が怪我や病で長く政から遠ざかれば」

「地方の豪族どもに立ち上がる機《しお》を与える事になるな」

「はい。民草の心も徒《いたずら》に揺らす事にもなります。下手をすると帝の御代が崩れる恐れもある。薬子は、いえ、薬子の一族、藤原式家はそれを恐れたのです」

「平城帝が病に倒れたとき、病が癒えるまでの身代わりを立てられるように備えていたのか」

「御意」

空海が軽く頭を下げる。

「いつ何時、平城帝が病に倒れられても、すぐに身代わりを立て、政に差し障りがないように備えていたのです」

神野帝が溜息のようなものを洩らした。

「常日頃の立ち居振る舞いから、物腰まで、偽の内裏で本物と変わらぬように行っていたのです。勿論、公卿、女官たちも同じです」

空海の言葉に、神野帝も最澄も、言葉を失った。

空海はじっと帝を見つめている。

「しかし」

ようやく神野帝が口を開く。

「それほど平城上皇を思っていた薬子が、平城上皇に謀反を薦めるとは軽率だったな」

神野帝が言った。

「操られていたのです」

「なに」

最澄が驚きの声を洩らす。

「空海。薬子殿が操られていたというのか」

「そうだ。薬子は知らずに、謀反を起こすように操られていたのだ」

「いったい誰に」

「坂上田村麻呂にさ」

最澄は口を開いたまま、なかなか次の言葉を探せないでいる。

「坂上殿はあの乱の直前、頻繁に薬子の下を訪ねていた。あまり関わりのない薬子をなぜ征夷大将軍である坂上殿が訪ねたのかというと、それは薬子に、謀反の芽を植えつける為なのだ」

「そのような事が……」

「坂上殿は、薬子が平城上皇を思う気持ちをうまく使い、言葉巧みに平城上皇の天下を薬子に夢見させた」

「では、本当に謀反を起こそうとしていたのは、坂上殿だというのか」

「自分が謀反を起こしたいのではなくて、あくまで平城上皇に謀反を起こしてもらいたかった。だから薬子を操った。坂上殿は蝦夷のアテルイを手なずけた手管を持っている。その手管を薬子に対しても使ったのだろう。もしかしたら坂上殿の香に人の心を惑わす働きがあるのかもしれぬ。坂上殿は香好きの薬子の元へ、珍らしいものが手に入ったと言っては持って行って嗅がせていたらしいしな」

「坂上殿が何故そのような事を」

「坂上殿もまた、操られていたのだ」

「なんだと」

最澄の声が一段と大きくなる。

「坂上殿は帝に心酔していたらしい。そんな坂上殿が、帝に対して弓を引く真似をするわけがない。坂上殿が薬子を操って謀反を起こさせたのは、坂上殿もまた操られていたからなのだ」

「あの坂上殿を操る事ができる者などいるわけがない」

「いいや」

空海はゆっくりと言った。

「一人だけいる」

空海は真っ直ぐに神野帝を見つめた。

「まさか……」

最澄の声は震えている。

「坂上田村麻呂を操る事ができる人物。それは神野帝。あなたです」

神野帝は僅かに目を細めたが、怒った風でもなく、落ち着いた風情《ふぜい》で空海を見ている。

「そう考える事もできるという話です」

「なぜ余がそのような事をせねばならぬ」

「帝は、誰よりも薬子を思っていた」

最澄が息を呑むのが判った。

「だから帝は薬子に夜伽を命じた。そして薬子を、自分のものにした。しかし」

空海はチラリと最澄を見る。

「帝に抱かれながらも、薬子の心は平城上皇のものだった。それが帝には我慢がならなかったのです。だから薬子を叛乱の首謀者に仕立て上げ、自死に追いこんだ」

「空海。帝が本当にそのような事を考えていたら、ただ薬子殿だけを殺せばすむ事ではないか。なにも平城上皇を巻きこまなくても」

「当時、皇太子は平城上皇のお子、高岳《たかおか》親王でした」

「あ」

最澄が思わず声をあげる。

「そのままでは次の帝は平城上皇のお子である高岳親王になります。帝はそれをも防いだのだ」

薬子の乱の後、高岳親王は皇太子を廃され、大伴《おおとも》親王が代わりに皇太弟となった。

「薬子は、平城上皇のお子である高岳親王が次の帝になることも望んでいたでしょう。それが愛する平城上皇の願いでもあるのだから。だから帝は、それをも阻んだ。薬子と、薬子の思い人である平城上皇のお子を皇太子の位から引きずり降ろす事。そのために平城上皇の謀反という出来事が必要だった」

空海は静かな目で神野を見ている。

「そのために総ては仕組まれたのだ。薬子を望みながら手に入れる事ができなかった帝は、薬子と薬子の思い人である平城上皇に復讐を誓った。そのために坂上田村麻呂に、薬子に叛乱を起こさせるように命じた。帝の命によって操られた坂上田村麻呂は、帝に弓を引くように言葉巧みに藤原薬子を操った。操られた藤原薬子は、嵐山を消す事により平城上皇を操り、叛乱を決意させた」

仁寿殿に静寂が訪れた。

誰も言葉を発しない。

「曼荼羅か……」

どれほどの刻《とき》が経ったのか、最澄がポツリと呟いた。

「平城上皇は薬子に、薬子は田村麻呂に、そして田村麻呂は帝に」

そう言って最澄は、いったん言葉を切る。

「総ては巡っていた。なるほど、これが真言密教の曼荼羅なのだな」

最澄は神野帝に目を向ける。

「帝は勝ったのだ。薬子を操り、平城上皇を出家に追いこみ、そのお子を皇太子の位から引きずり降ろした」

神野帝は答えない。

「空海」

神野帝が声をかける。

「総ては巡る。総ては曼荼羅だというのか」

「曼荼羅の中に真実があります」

そう言うと空海は、何かを覚悟したかのように目を瞑った。

東寺の住職俊徳《しゅんとく》が、長い話を終えた。

六郎太《ろくろうた》と静《しずか》は溜息を洩らした。

「それがいろは歌の正体か」

「え、どういう事よ、六」

静はいろは歌を覗きこむ。

色は匂へど散りぬるを
わが世誰ぞ常ならむ
有為の奥山今日越えて
浅き夢見し酔ひもせず

「いろは歌は、平城上皇の心情を表していたのさ」

いろは歌の意味は次のように解釈されている。


——この世に、華やかな歓楽や生活があっても、それはやがて散り、滅ぶものである。この世は儚《はかな》く、無情なものである。この非常な儚さを乗り越え、脱するには、浅はかな人生の栄華を夢見たり、それに酔ってはいけない。

またさらに深い解釈は次のようになる。

——自分はかつて栄光の座で華やかに生きたこともあったが、それはもはや遠い過去のものとなった。

この世は明日が判らない。自分に代わって、いま栄華を極める者も、今にどうなるか判らないのだぞ。生死の分かれ目の、厳しい運命の時を迎えた今日、自分はもう何の夢を見ることもないし、それに酔うこともない。


「平城上皇は、再び天下を取ろうとした思いを、自ら戒めた」

「そうか」

平城上皇は、一度は栄華を極めたが、それはやがて散る。つまり神野帝にその座を取って代わられた。そしてその侘しさを乗り越えるためには、再び栄華を夢見てはならない。叛乱など企ててはいけなかったのだ。

「そして、自分は間違った事をしていない、後悔はしていないという薬子の思いを、歌の沓《くつ》、咎《とが》なくて死すに込めた」

和尚が頷いた。

「あたしたちが手習い歌だと思っていたいろは歌に、こんな裏の意味が隠されていたなんて」

いろは歌は、薬子の変を歌っていた……。

「空海は、神野帝、すなわち後の嵯峨帝の命によって薬子の変の真実を解き明かした。しかしその真実は、公にする事を憚《はばか》るような内容だった。だから歌に隠して残したと」

和尚の言葉に、六郎太は頷いた。

「おそらく嵯峨帝は、平安京に取り憑いた怨霊を払う人材を捜していたのではないか」

「え」

「当時の平安京は、早良《さわら》親王と伊予《いよ》親王という二人の怨霊に取り憑かれていた。その二人の怨霊を人々は恐れながら暮らしていた。旱魃《かんばつ》が起きても怨霊のせいになるし、おそらく平城上皇の叛乱も怨霊のせいだと考えられたに違いない」

「そうか」

「だから嵯峨帝、神野帝は、自らが仕組んだ平城上皇の叛乱の真相を空海に探らせることによって、空海の力を試したんだろう」

「あ」

「怨霊を退治する祈禱師《きとうし》として働いてもらうために。だから加持《かじ》祈禱によって国を守る修法を備えていた密教の担い手である空海の力を、神野帝は試した」

「だから平城上皇の叛乱の謎を解けなんて命じたのね」

「そうだ。もし空海が、真の黒幕である自分までたどり着くことができたなら、空海の力は本物と判断できる。勿論、最澄の方が力が上と判断したら、国を守る役目を最澄に託してもいいんだ」

　結果、空海は見事に謎を解いた。

　薬子の変以後、空海は嵯峨帝より手厚く庇護《ひご》されるようになる。東寺を賜《たまわ》り、鎮護国家を託された。

「でも六。あんた、もう一つのいろは歌があるなんて阿呆《あほ》なこと言ってなかったかしら」

「なるほど」

　和尚が静の言葉を引き継ぐ。

「薬子の変は、上皇と帝の争い。上皇の心情を表した歌があるのなら、帝の心情を表した歌がある筈ですな」

　和尚の言葉に、六郎太は返事をしない。

「約束だ。お見せしましょう」

　そう言うと和尚は手を叩いた。

　弟子らしき若い僧侶がすぐさまやってくる。和尚は僧侶に、一言、二言、小声で命じた。若い僧侶は一瞬、驚いた顔をしたが、部屋を辞した。やがて一巻の書を携えて戻ってきた。

「ご苦労だった」

　若い僧侶が部屋から去り、和尚は書を六郎太に渡した。

六郎太は書を広げる。そこには次のような歌が記されていた。

加多良牟止
計不彌己恵之天
有為乃本禰
喩衣佐反阿女耳奴連
和呂耶毛伊万波余乎
津比曾於久勢須
利千伎那流

「これは……」

「かたらむ歌《か》と言われています」

「かたらむ歌……」

仮名で記せば次の通り。

かたらむと
けふみこゑして
うゐのほね
ゆえさへあめにぬれ
わろやもいまはよを
つひぞおくせす
りちきなる

漢字を交えると次のようになる。

語らむと
今日御声して
有為の骨
故さへ雨に濡れ
吾やも今は世を
つひぞ臆せず
律儀なる

「何かに突き動かされるように語るとしよう。この歌はそう始まっています。有為とは、因縁の結合によって生じた、現世に存在するいっさいの物や現象の事です。その骨、すなわち芯の部分や故さえ、雨、すなわち季節の移ろいの中に褪《あ》せてしまう。そう達観したとき、世の中の事の諸々の心配事、平城上皇の叛乱など臆せずに生きていける。その姿勢を帝自ら律儀と言ったのです」

静は頷いた。

「でもこれ、本当に神野帝、嵯峨帝の心情を表しているのかしら」

「今度は冠《かんむり》を見るのです」

「冠……」

「そうです。いろは歌と同じように、七字ごとに区切るのです」

そう言うと和尚は脇にあった紙に、筆でサラサラとかたらむ歌を写し替えた。

かたらむとけふ
みこゑしてうゐ
のほねゆえさへ
あめにぬれわろ
やもいまはよを
つひぞおくせす
りちきなる

静は、書き写された歌の冠、すなわち頭の部分をなぞっていく。

「か、み、の、あ、や、つ、り」

「そうです。神野、操り。総ては神野帝が操っていた。空海は、神野帝の心情を表す歌に、またもその裏の真実を織りこんでいたのです」

そう言うと和尚は深々と頭を下げた。

＊

空海は弘仁七年（八一六年）、嵯峨天皇（神野帝）より紀州国、高野《こうや》山《さん》の地を賜り、金剛峰寺《こんごうぶじ》の建立に着手した。弘仁十四年（八二三年）には東寺を賜り、鎮護国家を託された。また天長《てんちょう》五年（八二八年）には日本で初めての庶民のための教育施設、綜芸種智院を建立し、その志《こころざし》は後の世まで受け継がれてゆく。

藤原冬嗣は藤原北家の基礎を固め、後に藤原道長《みちなが》等を生んだ。

平城上皇の皇子、高岳《たかおか》親王は、薬子の変により皇太子の位を剥奪された。高岳親王はその後、出家し、空海の元で密教を学んだ。名を真如《しんにょ》と称した。真如となった高岳親王は、貞観《じょうがん》七年（八六五年）に求法のため広州から天竺《てんじく》に向かったが、羅越《らえつ》国（マレー半島南端）で没した。享年六十七歳だった。

（帝となって国を治める一生と、僧となって後の世のために法を求める一生と、高岳親王、真如にとってどちらがよかったのだろう）

静はそんな事を思った。

舞鶴《まいづる》湾に着くまで、六郎太はあまり話をしなかった。

「総ては曼荼羅だったのねえ」

海を見ながら静が言った。

「総てを包みこむ曼荼羅よ」

「曼荼羅か」

六郎太が言葉を発した。随分、久方《ひさかた》ぶりの言葉のように思える。

「そうか。総てを包みこむ」

六郎太が何事かを考えている。

「どうしたのよ」

「ようやく判ったような気がする」

「何が判ったって言うのよ」

「空海が、かたらむ歌に託した真実さ」

「真実って、それはもうとっくに判ってるでしょ。平城上皇を薬子が操って、薬子は田村麻呂に操られていた。でも本当に総てを操っていたのは神野帝だった。薬子と平城上皇に恨みを抱いた神野帝は、二人に復讐を果たした。神野帝は二人に勝ったのよ」

「いや。曼荼羅は完成しちゃいなかった」

「え」

「曼荼羅というのは宇宙の真実だ。物事は回り回って円になる。だが平城上皇、薬子、田村麻呂、神野帝だけだと、円にはならない」

「どういう事よ」

「神野操り。かたらむ歌の冠に隠されていたこの言葉、どこかおかしくないか」

「さあ」

「これは神野帝、操り、という意味だったな」

「そうよ」

「だけど神野帝、操りじゃなくて、神様の操りと読む方が普通じゃないか」

「神様の操り……」

「ああ。つまり、神野帝も操られていたのさ」

「神様に操られていたって言うの」

「そうだ。神という運命《さだめ》に」

神の操り……。

「おかしいとは思わないか」

「何がよ」

「平城上皇は棺を二つ用意していた。そこまで薬子を思っていたんだ。それなのに、死んだのは薬子だけ。いや、もう一人、平城上皇の偽者も死んだことになっている。棺を二つ用意してまで、その棺に愛しいと思っている薬子と、自分の替え玉を入れるものかな」

「そういえば……」

「出家したと見せかけて実は、平城上皇は薬子と一緒に自害したのさ」

「え」

「二人は一緒になったんだ」

「だって、平城上皇は出家したのよ」

「そっちは偽者だ」

「なんですって」

「本物の平城上皇は、粥が嫌いだった。口にすることもできなかった筈だ」

　粥を食べるくらいなら、土を食べた方がましだと言っていたらしい。

「それなのに、出家後の平城上皇は、毎日、きちんと僧侶食である粥を食べていた」

「あ」

「本物であれば粥は食べられない。つまり出家後の平城上皇は、偽者に入れ替わっているのさ」

　静は六郎太の顔を口を開けたまま見つめた。

「平城上皇、薬子、田村麻呂、神野帝と続いた操りの糸は、最後にまた平城上皇に戻った。それで曼荼羅が完成する」

「何て事……」

「本物の平城上皇は、いやあるいは薬子は、偽者の平城上皇に身代わりになるように命じた。偽の平城上皇は、その命を忠実に守ったんだ。偽の平城上皇は、普段から本物と同じように振る舞うように教えられている。さらに嵐山が消えたなどという新しい出来事も教えられた。本物の上皇は、入れ替わった後のことどもを偽者に伝え、九月十二日、薬子と二人で自害した時を境に偽者と入れ替わったんだ。そして偽者は出家して、平城上皇を知る人々から遠ざかった」

「じゃあみんなが平城上皇と思っていた人は、偽者だったのね。誰もその事に気づかずに歴史が進んだのね」

「ああ」

二人の頭上を海に向かって鷗《かもめ》が飛んでいく。

「神野帝はその権力を使って薬子と平城上皇を引き離そうとした。だけど二人は、引き離されはしなかった。薬子と上皇は最期に、一世一代の大芝居を打ったんだ。上皇の入れ替えという」

静は絶句した。

「薬子は死ぬ事によってようやく、愛する人と一緒になれたんだ。本当に勝ったのは、薬子の方さ」

そう言うと六郎太は前を見た。

そこには、空と海がどこまでも広がっていた。

主要参考書籍

＊本書の内容を予見させる可能性がありますので、本文読了後にご確認ください。

『空海』澤田ふじ子（淡交社）
『図解雑学　空海』頼富本宏監修（ナツメ社）
『三教指帰ほか』空海（中公クラシックス）
『高野山　超人・空海の謎』百瀬明治（祥伝社黄金文庫）
『東寺の謎』三浦俊良（祥伝社黄金文庫）
『週刊　古寺をゆく　3　東寺』（小学館）
『王朝貴族のホットな生活』（『芸術新潮』一九九四年四月号）
『王朝貴族物語』山口博（講談社現代新書）
『日本の歴史4　平安京』北山茂夫（中公文庫）
『歴史読本・最澄と空海』昭和五十三年十一月号（新人物往来社）
『歴史読本・聖なる魔界「比叡山」』一九九〇年五月号（新人物往来社）
『香道入門』（淡交社）
『知っておきたい生薬１００』日本薬学会編（東京科学同人）
『マジックは科学』中村弘（講談社ブルーバックス）
『いろは歌の謎』篠原央憲（三笠書房）

＊その他の書籍、および新聞、雑誌、ホームページの記事など、多数参考にさせていただきました。執筆されたかたがた、また、快く取材に応じていただいたかたがたにお礼申し上げます。ありがとうございました。

＊この作品は架空の物語です。

ノン・ノベル百字書評

キリトリ線

なぜ本書をお買いになりましたか（新聞､雑誌名を記入するか､あるいは○をつけてください）

- □（　　　　　　　　　　　　）の広告を見て
- □（　　　　　　　　　　　　）の書評を見て
- □ 知人のすすめで
- □ タイトルに惹かれて
- □ カバーがよかったから
- □ 内容が面白そうだから
- □ 好きな作家だから
- □ 好きな分野の本だから

いつもどんな本を好んで読まれますか（あてはまるものに○をつけてください）

●**小説**　推理　伝奇　アクション　官能　冒険　ユーモア　時代・歴史　恋愛　ホラー　その他（具体的に　　　　　　）

●**小説以外**　エッセイ　手記　実用書　評伝　ビジネス書　歴史読物　ルポ　その他（具体的に　　　　　　）

その他この本についてご意見がありましたらお書きください

最近、印象に残った本をお書きください		ノン・ノベルで読みたい作家をお書きください	

1カ月に何冊本を読みますか	冊	1カ月に本代をいくら使いますか	円	よく読む雑誌は何ですか	

住所					
氏名		職業		年齢	
Eメール	※携帯には配信できません	祥伝社の新刊情報等のメール配信を希望する・しない			

あなたにお願い

この本をお読みになって、どんな感想をお持ちでしょうか。

この「百字書評」とアンケートを私までいただけたらありがたく存じます。今後の企画の参考にさせていただきます。

あなたの「百字書評」は新聞・雑誌などを通じて紹介させていただくことがあります。そして、その場合はお礼として、特製図書カードを差しあげます。

前ページの原稿用紙に書評をお書きのうえ、このページを切り取り、左記へお送りください。電子メールでもお受けいたします。なお、メールの場合は書名を明記してください。

〒一〇一-八七〇一
東京都千代田区神田神保町三-六-五
九段尚学ビル　祥伝社
NON NOVEL編集長　辻　浩明
☎〇三(三二六五)二〇八〇
nonnovel@shodensha.co.jp

NON NOVEL

「ノン・ノベル」創刊にあたって

「ノン・ブック」が生まれてから二年一ヵ月、ここに姉妹シリーズ「ノン・ノベル」を世に問います。

「ノン・ブック」は既成の価値に〝否定《ノン》〟を発し、人間の明日をささえる新しい喜びを模索するノンフィクションのシリーズです。

「ノン・ノベル」もまた、小説《フィクション》を通して、新しい価値を探っていきたい。小説の〝おもしろさ〟とは、世の動きにつれてつねに変化し、新しく発見されてゆくものだと思います。

わが「ノン・ノベル」は、この新しい〝おもしろさ〟発見の営みに全力を傾けます。

ぜひ、あなたのご感想、ご批判をお寄せください。

昭和四十八年一月十五日

NON・NOVEL編集部

NON・NOVEL—784

長編本格歴史推理　まんだら探偵《たんてい》 空海《くうかい》 いろは歌《うた》に暗号《かくしごと》

平成16年8月30日　初版第1刷発行

著者　鯨《くじら》 統《とう》一《いち》郎《ろう》

発行者　深澤健一

発行所　祥《しょう》伝《でん》社《しゃ》
〒101-8701
東京都千代田区神田神保町 3-6-5
九段尚学ビル
☎ 03（3265）2081（販売部）
☎ 03（3265）2080（編集部）
☎ 03（3265）3622（業務部）

印刷　錦明印刷

製本　明泉堂

ISBN4-396-20784-0　C0293

長編推理小説 臨時特急「京都号《サロンエクスプレス》」殺人事件 西村京太郎

長編推理小説 飛騨高山に消えた女 西村京太郎

長編推理小説 尾道に消えた女 西村京太郎

長編推理小説 萩《はぎ》・津和野《つわの》に消えた女 西村京太郎

長編推理小説 殺人者は北へ向かう 西村京太郎

長編推理小説 伊豆下賀茂《しもがも》で死んだ女 西村京太郎

長編推理小説 十津川警部 十年目の真実 西村京太郎

長編推理小説 殺意の青函《せいかん》トンネル 西村京太郎

長編推理小説 東京発ひかり147号 西村京太郎

長編推理小説 十津川警部「初恋」 西村京太郎

長編推理小説 十津川警部「家族」 西村京太郎

長編本格推理小説 小京都 伊賀上野殺人事件 山村美紗

長編本格推理小説 愛の摩周湖殺人事件 山村美紗

長編冒険推理小説 誘拐山脈 太田蘭三

長編山岳推理小説 奥多摩殺人渓谷 太田蘭三

長編山岳推理小説 殺意の北八ヶ岳 太田蘭三

長編推理小説 闇の検事 太田蘭三

長編推理小説 顔のない刑事〈十八巻刊行中〉 太田蘭三

長編推理小説 摩天崖《まてんがい》 警視庁北多摩署特別出動 太田蘭三

長編本格推理小説 終幕《フィナーレ》のない殺人 内田康夫

長編本格推理小説 志摩《しま》半島殺人事件 内田康夫

長編本格推理小説 金沢《かなざわ》殺人事件 内田康夫

長編本格推理小説 喪《うしな》われた道 内田康夫

長編本格推理小説 鯨の哭《な》く海 内田康夫

長編本格推理 死者の配達人 森村誠一

長編ホラー・サスペンス 夢魔《ナイトメア》 森村誠一

長編本格推理 南紀・潮岬《しおのみさき》殺人事件 梓林太郎

長編本格推理 越前《えちぜん》岬《みさき》殺人事件 梓林太郎

長編本格推理 薩摩半島 知覧《ちらん》殺人事件 梓林太郎

長編本格推理 中華街《チャイナタウン》殺人旅情 斎藤 栄

長編本格推理 緋色の囁《ささや》き 綾辻行人

長編本格推理 暗闇の囁き 綾辻行人

NON NOVEL

長編本格推理
黄昏《たそがれ》の囁き　綾辻行人

ホラー小説集
眼球綺譚《きたん》　綾辻行人

長編本格推理
霧越《きりごえ》邸殺人事件　綾辻行人

長編本格推理
一の悲劇　法月綸太郎

長編本格推理
二の悲劇　法月綸太郎

長編本格推理
黒祠《こくし》の島　小野不《ふ》由《ゆ》美《み》

長編本格推理
紫《むらさき》の悲劇　太田忠司

長編本格推理
紅《べに》の悲劇　太田忠司

本格推理コレクション
ベネチアングラスの謎 霞田志郎の推理　太田忠司

長編新本格推理
ナイフが町に降ってくる　西澤保彦

本格推理コレクション
謎亭論処《めいていろんど》 匠《たくみ》千《ち》暁《あき》の事件簿　西澤保彦

長編連鎖ミステリー
屋上物語　北森 鴻《こう》

長編本格歴史推理
金閣寺に密室《ひそかむろ》 とんち探偵一休さん　鯨《くじら》統《とう》一《いち》郎《ろう》

本格時代推理
謎解き道中 とんち探偵一休さん　鯨統一郎

本格推理小説
なみだ研究所へようこそ! サイコセラピスト探偵 波田煌子　鯨統一郎

長編新世紀《ミレニアム》ホラー
レイミ 聖女再臨　戸《と》梶《かじ》圭《けい》太《た》

天才・龍之介がゆく!
痛快本格ミステリー
殺意は砂糖の右側に　柄《つか》刀《とう》 一《はじめ》

天才・龍之介がゆく!
痛快本格ミステリー
幽霊船が消えるまで　柄刀 一

天才・龍之介がゆく!
本格痛快ミステリー
十字架クロスワードの殺人　柄刀 一

天才・龍之介がゆく!
本格痛快ミステリー
殺意は青列車《ブルートレイン》が乗せて　柄刀 一

長編本格推理
鬼女《きじょ》の都　菅《すが》 浩《ひろ》江《え》

音楽ミステリー
歌の翼に ピアノ教室は謎だらけ　菅 浩江

長編サスペンス
陽気なギャングが地球を回す　伊坂幸太郎

恋愛小説
オルタナティヴ・ラヴ　藤木 稟《りん》

恋愛小説
エターナル・ラヴ　藤木 稟

長編伝奇小説
竜の柩《ひつぎ》　高橋克彦

長編伝奇小説
新・竜の柩　高橋克彦

長編伝奇小説
霊《たま》の柩　高橋克彦

長編超級サスペンス
種《しゅ》の復活 The Resurrection of Species　北上秋彦

超級国際サスペンス
種の起源 The Origin of Species　北上秋彦

長編歴史スペクタクル
紅《こう》塵《じん》　田中芳樹

長編歴史スペクタクル
奔《ほん》流《りゅう》　田中芳樹

最新刊シリーズ

ノン・ノベル

長編推理小説
十津川警部「故郷」　西村京太郎
〈刑事がホステスと無理心中!?〉部下の無実を信じ十津川は若狭小浜へ…

長編本格歴史推理　書下ろし
まんだら探偵 空海 いろは歌に暗号《かくしごと》　鯨《くじら》統一郎
待望の歴史ミステリー!　京の都のクーデター。空海、型破り推理で黒幕を暴く

長編新伝奇小説　書下ろし
ソウルドロップの幽体研究　上遠野《かどの》浩平
盗むものは生命と同じ価値のもの。謎の怪盗の目的とは!?

四六判

長編歴史小説
虎の城 上・下　火坂雅志
戦国の雄・藤堂高虎の知られざる側面を描いた歴史大河ロマン!

好評既刊シリーズ

ノン・ノベル

長編超伝奇小説　龍の黙示録
聖なる血　篠田真由美
放たれたヴァティカンの刺客。不死の吸血鬼・龍に最大の危機が!

長編超伝奇小説　サイコダイバー・シリーズ
魔獣狩り 新装版　夢枕　獏
空海の即身仏《ミイラ》はなぜ盗まれたのか?伝説の三部作が合本で新登場!

長編冒険ファンタジー
少女大陸 太陽の刃《やいば》、海の夢　柴田よしき
美しき少女たちはなぜ戦うのか?希望と再生を描く一大叙事詩

四六判

長編時代小説
戦国秘録 白鷹伝《はくようでん》　山本兼一
信長に対峙した鷹匠…本年度松本清張賞作家の鮮烈デビュー作!

恋愛小説
FINE DAYS　本多孝好
静かなロングセラー。『MISSING』の著者が描く初のラヴ・ストーリー

推理小説
影踏み　横山秀夫
15年前、男は法を捨てた。三つの魂が絡み合う哀切のサスペンス